(par Dufresne.)

N.º 597 du catalogue de la bibliothèque
d'un amateur. paris, prolié, 1854. 7

LES MISÈRES

DE CE MONDE,

OU

COMPLAINTES

FACÉTIEUSES

Sur les APPRENTISSAGES de différens
Arts & Métiers de la Ville &
Fauxbourgs de Paris,

PRÉCÉDÉES

DE L'HISTOIRE DU BONHOMME MISÈRE.

A LONDRES,

Et se trouve A PARIS ;

Chez CAILLEAU, Imprimeur-Libraire, rue
Galande, vis-à-vis de la rue du Fouarre.

M. DCC. LXXXIII.

AVIS DU LIBRAIRE.

DANS ce siècle où la frivolité l'emporte
sur le goût (*), où l'ouvrage le moins
intéressant & le plus mal écrit fait souvent
fortune, nous devons espérer que les divers
Opuscules dont ce Recueil est composé,
seront favorablement accueillis. Ils ont eu
dans le tems de leur apparition un si grand
succès, qu'il s'en est fait rapidement plusieurs
Éditions, & que la fameuse Bibliotheque
Bleue, qui ne s'empare que des Ouvrages
dont le succès est décidé (**), n'a pas
dédaigné se les approprier ; tels que *l'Histoire du Bonhomme Misère*, *le Miroir de
Patience*, &c., &c., (voyez la Table des
Matières ci-après). Si ces Ouvrages sans style
& remplis de fautes de Grammaire, ont
trouvé des Lecteurs, à plus forte raison
devons-nous compter aujourd'hui sur quel-

(*) La chanson de Marlboroug. Rien de plus
mauvais. Elle a fait rire ; tout le monde, grands &
petits, l'a chantée.

(**) Le Cid, le Menteur, Polieuĉte, le Festin
de Pierre, la Fille Capitaine, la Femme Juge &
Partie, Athalie, &c., &c., font partie de cette
Bibliotheque, ainsi qu'un grand nombre d'autres
Ouvrages de nos plus célèbres Auteurs.

iv

qu'indulgence, en ce qu'ils ont été revus
fcrupuleufement, & corrigés avec toute
l'attention dont nous fommes capables.
Pour plaire au Public, nous n'épargnerons
jamais ni nos peines ni notre argent. Nous
rendre utile eft le bonheur où nous afpirons;
n'avoir pas réuffi, fera notre feul regret.

TABLE

DES MATIERES CONTENUES
DANS CE VOLUME.

HISTOIRE

HISTOIRE

D U

BON HOMME MISÈRE,

CONTENANT son Origine & ses principales Aventures.

HISTOIRE
DU BON HOMME
MISÈRE.

Dans un voyage que je fis autrefois
avec quelques amis en Italie, je me trouvai
logé chez un bon homme de Curé qui
se faisoit un plaisir de rapporter quelques
Historiettes, pour amuser ses hôtes. J'ai
retenu celle-ci qui m'a paru digne d'être
mise au jour ; & comme elle ne roule que sur
la *Misère*, dont il nous avoit rompu la tête
auparavant que de nous la raconter, je vous
la rapporterai telle qu'il nous l'a donnée
pour lors, ainsi que vous allez l'entendre.

Vous trouverez peut - être à redire,
Messieurs, commença notre bon Curé, de
ce que je ne vous entretiens que de *Misère*.
Chacun, dit-il, a ses raisons, & vous ne
sçauriez pas les miennes si je ne vous les

expliquois. Vous ne vous en doutez nullement. Ce mot *Misère* ne se dit pas pour rien. Peu de gens sçavent que ce nom est celui d'un des principaux Habitans de ma Paroisse. Il n'est assurément pas riche, mais il est honnête homme, quoique ce ne soit que *Misère* chez lui. C'est dommage que ce cher Paroissien y soit si peu aimé, lui qui est tant connu, dont l'ame est toute noble; qui est si généreux, si bon ami, si prêt à servir dans l'occasion, si affable, si courtois; enfin, que vous dirai-je? lui qui n'a pas son pareil dans la vie, & qui n'en aura jamais.

Vous allez croire aussi, Messieurs, nous dit-il, que ce que je vais vous dire est un conte fait à plaisir; car, quoiqu'on parle tant du pauvre *Misère*, on ne sçait guères au juste son Histoire. Mais je vous proteste, foi d'honnête homme, que rien n'est plus sincère, ni plus véritable; & je doute même, dans tout le voyage que vous allez faire, que vous appreniez rien de plus merveilleux.

Je vous dirai donc que deux particuliers nommés *Pierre* & *Paul*, s'étant réfugiés dans ma Paroisse qui est passablement grande, & dont les Habitans seroient assez heureux si *Misère* n'y demeuroit pas, en arrivant à l'entrée du Village, du côté de Milan, environ sur les cinq heures du soir, étant tous deux trempés, (comme on dit,) jusqu'aux

os : Où logerons - nous, demanda *Paul* à
Pierre ? Ma foi, lui répondit *Pierre*, je
ne connois pas le terrein, je n'ai jamais paffé
par ici. Il me femble, reprit *Paul*, que fur
la droite voici une grande maifon qui paroît
appartenir à quelque riche Bourgeois, nous
pourrions lui demander fi c'eft fa volonté de
vouloir bien nous retirer pour cette nuit.
J'y confens de tout mon cœur, dit *Pierre ;*
mais il me paroît, fauf votre meilleur avis,
qu'il feroit bon, avant d'entrer chez lui, de
nous informer dans le voifinage quelle forte
d'homme c'eft que le Maître de ce logis, s'il
a du bien, s'il eft aifé ; car on s'y trompe
affez fouvent. Avec toutes ces belles maifons
qui paroiffent à nos yeux, nous trouvons
pour l'ordinaire que ceux qui femblent en
être les Maîtres, les doivent, & n'ont pas
quelquefois une obole à prendre deffus.
Pour bien connoître un homme & juger
pertinemment de fes biens & de fes fa-
cultés, il faut le voir mort ; mais fi nous
attendions après cela pour fouper, nous
pourrions bien dire notre *Benedicite* & nos
Graces dans le même moment. Cela n'eft
que trop commun, répondit *Paul ;* mais la
pluie continue toujours, je vais demander
à une bonne femme qui lave du linge dans
ce foffé, ce qu'il en eft.

Ma bonne Mère, lui dit *Paul* en s'approchant d'elle, il pleut bien fort au-

jourd'hui. Bon, lui répondit - elle, Monfieur, ce n'eſt que de l'eau, & ſi c'étoit du
vin, cela n'accommoderoit pas ma leſſive.

Vous êtes gaie à ce qu'il me paroît,
repartit *Paul.* Pourquoi pas? lui dit-elle, il
ne me manque rien au monde de tout ce
qu'une femme peut ſouhaiter, excepté de
l'argent. De l'argent, dit *Paul;* hélas! vous
êtes bienheureuſe ſi vous n'en avez point,
& que vous puiſſiez vous en paſſer. Oui, lui
répondit-elle, cela s'appelle parler comme
Saint Paul, la bouche ouverte. Vous aimez
à plaiſanter, bonne femme, lui dit *Paul;*
mais vous ne ſçavez pas que l'argent eſt
ordinairement la perte de grand nombre
d'ames, & qu'il ſeroit à ſouhaiter pour bien
des gens qu'ils n'en maniaſſent jamais. Pour
moi, lui dit-elle, je ne fais pas de pareils
ſouhaits; j'en manie ſi peu, que je n'ai pas
ſeulement le tems de regarder une pièce
comme elle eſt faite. Tant mieux, dit *Paul.*
Ma foi, tant mieux vous - même, lui
répondit-elle. Voilà une plaiſante manière
de parler; ſi vous avez envie de vous
moquer de moi, vous pouvez paſſer votre
chemin, auſſi bien voilà votre Camarade
qui ſe morfond en vous attendant. Nous
nous rechaufferons tantôt, reprit *Paul.* Mais,
bonne Mère, ne vous fâchez point, je vous
prie, je n'ai pas intention de vous rien dire
qui vous faſſe de la peine, & vous ne me

connoiſſez pas, à ce que je vois. Allez, allez, lui dit-elle, Monſieur, continuez votre chemin, vous n'êtes qu'un engeoleur.

Pierre qui avoit entendu une partie de la converſation, de laquelle il commençoit à murmurer à cauſe d'un orage extraordinaire qui ſurvint, s'étant approché, cette bonne femme, dit-il, devroit bien ſe mettre à couvert. Quelle néceſſité de ſe mouiller de la ſorte! Eſt-ce un ouvrage ſi preſſé? Cela ne ſe pourroit-il pas remettre à une autrefois? Courage, dit-elle, l'un raiſonne à-pèu-près comme l'autre. On remet la beſogne du monde comme cela en votre pays. Malpeſte! vous ne connoiſſez guères les gens de notre Village. S'il manquoit, dit-elle, en regardant *Pierre*. ce ſoir une coëffe de nuit de tout ce que j'ai ici à M. *Richard*, je ne ſerois pas bonne à être jettée aux chiens. Cet homme eſt donc bien difficile à contenter, lui demanda *Pierre*? Oh! Monſieur, s'écria t-elle, c'eſt bien le plus vilain ladre qui ſoit ſur la terre. Si vous le connoiſſiez.... c'eſt un homme à ſe faire feſſer pour une Bajoque (1). Comment! dit *Pierre*, n'eſt-ce pas celui qui demeure dans cette belle maiſon qu'on découvre d'ici. Tout juſte, répondit la bonne femme, & c'eſt pour lui

_____

(1) Monnoie d'Italie qui vaut à-peu-près un ſol.

A 4

que je travaille. Adieu, lui dit *Pierre*, le mauvais tems ne nous permet pas de caufer davantage.

Ayant rejoint *Paul*, ils fe mirent à couvert fous un auvent à quatre pas de-là, & fe confultèrent fur ce qu'ils feroient en cette conjonчute. Après avoir été un quart d'heure un peu embarraflés, voyons, dit *Pierre*, ce qu'il en fera, rifquons le paquet. Si vilain que foit cet homme, peut-être aura-t-il quelqu'honnêteté pour nous ; ces fortes de gens ont quelquefois de bons momens.

Allons, dit *Paul*, je vais faire la harangue, je voudrois de tout mon cœur en être quitte, & que nous y fuffions déja retirés. Ils arri-vèrent à la porte de M. *Richard* comme il alloit fe mettre à table. Ils frappèrent fort doucement, & un Valet étant venu à la hâte, & ayant traverfé nue tête toute la cour, fe fentant mouillé, il leur demanda fort brufquement ce qu'ils fouhaitoient. *Paul* qui croit obligé de porter la parole, le pria avec beaucoup d'honnêteté de vouloir bien de-mander à fon Maître s'il auroit affez de bonté que d'accorder un petit coin de fa maifon à deux hommes très-fatigués. Vous prenez bien de la peine, leur dit-il ; mon Maître ne loge jamais perfonne. Je le crois, dit *Paul* ; mais faites - nous l'amitié, par grace, d'aller lui dire que nous fouhaiterions bien avoir l'honneur de le faluer. Ma foi, dit le Valet, le voilà fur la porte de la Salle à manger, parlez-lui vous-même.

Qui font ces gens-là ? dit _Richard_ à fon Valet, d'une voix affez élevée. Ils demandent à loger, répondit l'autre. Eh bien! maraud, ne peux-tu pas leur répondre que ma maifon n'eft pas une Auberge ?

Vous l'entendez, Meffieurs, ne vous l'avois-je pas bien dit ? _Paul_ fe hafardant de parler à _Richard_ : Hélas! Monfieur, lui dit-il d'un air pitoyable, par le mauvais tems qu'il fait, ce feroit une grande charité que de vouloir bien nous donner, s'il vous plaît, un pauvre petit endroit pour nous re-pofer deux ou trois heures. Voilà des gens d'une grande effronterie, dit-il en regardant fon Valet ; pourquoi laiffes-tu entrer ces ca-nailles ? Sortez, fortez, dit-il à _Paul_ & à _Pierre_ d'un air méprifant, cherchez à loger où vous l'entendrez, ce n'eft pas ici un Ca-baret; puis il leur fit fermer la porte au nez.

Le mauvais tems continuoit toujours. Que deviendrons-nous, dit _Paul_? Voici la nuit qui approche, fi on nous reçoit par-tout de même que dans cette maifon-ci, nous courons rifque de paffer affez mal notre tems. Le Seigneur y pourvoira, répondit _Pierre_ ; nous devons, comme vous le fçavez auffi-bien que moi, nous confier en lui. Mais, dit-il en fe retournant, il me femble que voici à deux pas d'ici notre Blanchiffeufe, avec qui nous avons caufé en arrivant ; elle paroît bien fatiguée, & fe repofe fur une borne avec fon linge.

C'eſt elle-même, dit *Paul.* Il feroit bon, continua *Pierre*, de lui demander où nous pourrions loger. J'y confens, lui répondit il. En même tems *Paul* s'approchant de cette pauvre femme, lui demanda dans quel endroit de la Ville les Paffans qui n'avoient point d'argent, pouvoient être reçus pour une nuit feulement.

Je voudrois, leur répondit-elle, qu'il me fût permis de vous retirer, je le ferois de bon cœur, parce que vous paroiffez de bonnes gens ; je fuis veuve, & cela feroit caufer. Cependant, fi vous voulez bien attendre, & avoir un peu de patience, dans mon voifinage & près de ma petite chaumière qui eft au bout de ce Village, nous avons un pauvre bon homme, nommé *Mifère*, qui a une petite maifon tout auprès de moi, & qui pourra bien vous donner un gîte pour ce foir.

Volontiers, répondit *Paul.* Allez faire à votre aife vos affaires, nous vous attendons ici. La bonne femme étant entrée chez M. *Richard*, & ayant remis fon linge dans le grenier, revint trouver nos deux Voyageurs qui s'entretenoient de leur mauvaife étoile. Suivez-moi, leur dit-elle, & marchons un peu vîte ; car il y a un bon

bout de chemin à faire. Il fera aſſurément
nuit avant que nous ſoyons à la maiſon. Ils
arrivèrent enfin, & cette charitable femme
ayant frappé à la porte de ſon voiſin, ils
furent très-long-tems à attendre qu'elle fût
ouverte, parce que le bon homme étoit
déja couché, quoiqu'il ne fût tout au plus que
ſix heures & demie. Il ſe leva à la voix de ſa
voiſine, & lui demanda fort obligeamment
ce qu'il y avoit pour ſon ſervice. Vous me
ferez plaiſir, lui répondit-elle, de donner à
coucher à deux pauvres gens qui ne ſçavent
de quel côté donner de la tête. Où ſont-ils,
lui demanda le bon homme en ſe levant
promptement ? A votre porte, répondit-elle.
A la bonne heure, lui dit-il ; allumez-moi
ſeulement un peu ma lampe, je vous en
prie. Ayant de la lumière, ils entrèrent dans
la maiſon ; mais tout y étoit ſans deſſus
deſſous, l'on n'y connoiſſoit rien au monde.
Le Maître de ce taudis logeoit ſeul. C'étoit
un grand homme maigre, ſec & pâle, qui
ſembloit ſortir d'un ſépulchre. Dieu ſoit
céans, dit *Pierre*. Hélas ! dit le bon homme,
ainſi ſoit-il. Nous aurions bien beſoin de ſa
bénédiction pour vous donner à ſouper ; car
je vous proteſte qu'il n'y a pas ſeulement un
morceau de pain ici.

Il n'importe, dit *Pierre* ; pourvu que
nous ſoyons à couvert, c'eſt tout ce que
nous ſouhaitons. La voiſine qui s'étoit bien

doutée qu'on ne trouveroit rien chez le pauvre *Misère*, étoit sortie fort doucement; elle revint un instant après, apportant quatre gros merlans tous tôtis, avec un gros pain & une cruche de vin de Suze. Je viens, dit-elle, souper avec vous.

Du poisson! dit *Pierre*. Oh! que nous allons bien souper! Comment! Monsieur, dit la voisine, est-ce que vous aimez le poisson? Si j'aime le poisson! reprit-il, je dois bien l'aimer, puisque mon père en vendoit. Je suis fort heureuse, reprit la voisine, & bien flattée d'avoir un petit morceau de votre goût, & qui puisse vous faire plaisir.

Ils se trouvèrent fort embarrassés pour se mettre à table; car il n'y en avoit point. La bonne voisine en fut chercher une, enfin on mangea; & comme il n'est viande que d'appétit, les poissons furent trouvés admirablement bons. Il n'y eut que le Maître de la maison qui ne put pas en prendre sa part. Il n'avoit cependant pas soupé, quoiqu'il fût couché lorsque cette compagnie arriva chez lui. Mais il lui étoit arrivé, l'après-midi, une petite aventure qui l'avoit rendu de très-mauvaise humeur; aussi ne fit-il que conter ses peines, ses douleurs & ses afflictions durant tout le repas. Les deux Voyageurs y furent fort sensibles, & n'oublièrent rien pour sa consolation.

L'accident qui lui étoit furvenu, n'étoit pas bien confidérable ; mais, comme on dit, il n'eft pas difficile de ruiner un pauvre homme. Dans fa cour, qui n'étoit entourée que d'une haye facile à franchir, il y avoit un affez beau poirier, dont le fruit étoit excellent, & qui fournilToit feul prefque la moitié de la fubftance de ce bon homme.

Un de fes voifins qui avoit guetté le quart-d'heure qu'il n'étoit pas à la maifon, lui avoit enlevé les plus belles poires, fi-bien que cela l'avoit tellement chagriné par la groffe perte que cela lui avoit caufé, qu'après avoir juré contre le voleur, il s'étoit de dépit allé coucher fans fouper. Sans cette aventure, il couroit encore le même rifque, puifque dans toute la journée il n'avoit pas pu trouver un feul morceau de pain par toute la Ville.

Il avoit affurément raifon d'être de mau-vaife humeur, & il y en a bien d'autres qui fe chagrineroient à moins. Voilà un homme qui me fait compaffion, dit *Paul* en regar-dant *Pierre* ; il eft honnête & paroît avoir l'ame bien placée, tout miférable qu'il eft ; il faut que nous prions le Ciel pour lui.

Hélas ! Monfieur, vous me ferez bien plaifir. Pour moi, dit le bon *Misère*, il femble que mes prières ont bien peu de crédit, puifque, quoique je les renouvelle souvent, je ne puis sortir du fâcheux état auquel vous me voyez réduit.

Le Seigneur éprouve quelquefois les Justes, lui dit *Pierre* en l'interrompant ; mais, mon ami, continua-t-il, si vous aviez quelque grace à demander à Dieu, de quoi s'agiroit-il ? Que souhaiteriez-vous ? Ah ! dit-il, Monsieur, dans la colère où je me trouve contre les frippons qui ont volé mes poires, je ne demanderois rien autre chose au Seigneur, sinon *que tous ceux qui monteroient sur mon poirier y restassent tant qu'il me plairoit, & n'en pussent jamais descendre que par ma volonté.*

Voilà se borner à peu de chose, dit *Pierre* ; mais enfin cela vous contentera donc ? Oui, répondit le bon homme, plus que tous les biens du monde. Quelle joie ce feroit pour moi, poursuivit-il, de voir un coquin au milieu de mon poirier demeurer là comme une souche en me demandant quartier ! Quel plaisir de voir, comme sur un cheval de bois, les misérables larrons ! Ton souhait sera accompli, lui répondit *Pierre* ; & si le Seigneur fait, comme il est vrai, quelque chose pour ses serviteurs, nous l'en prierons de notre mieux.

Durant toute la nuit, *Pierre & Paul* se mirent effectivement en prières ; car, pour parler de coucher, le pauvre *Misère* n'avoit qu'une seule botte de paille qu'il voulut bien leur céder, mais qu'ils refusèrent absolument, ne voulant pas découcher leur Hôte. Le jour étant venu, & après lui avoir donné toutes sortes de bénédictions ainsi qu'à la voisine, qui en avoit usé si honnêtement avec eux, ils partirent de ce triste lieu, & dirent à *Misère* qu'ils espéroient que sa demande seroit octroyée ; que dorénavant personne ne toucheroit à ses poires qu'à bonnes enseignes, qu'il pouvoit hardiment sortir ; que, si durant son absence quelqu'un étoit assez hardi que de monter sur l'arbre, il l'y trouveroit lorsqu'il reviendroit à sa maison, & qu'il ne pourroit jamais en descendre que de son consentement.

Je le souhaite, dit *Misère* en riant. C'étoit peut être la première fois de sa vie que cela lui arrivoit ; aussi croyoit-il que *Pierre* ne lui avoit parlé de la sorte que pour se moquer de lui & de la simplicité qu'il avoit eue de faire un souhait si extravagant. Enfin, les deux Voyageurs étant partis, il en arriva tout autrement qu'il n'avoit pensé, & il ne tarda pas à s'en appercevoir ; car le même voleur qui lui avoit enlevé ses plus belles poires, revint le même jour dans le tems que *Misère* étoit allé chercher une cruche d'eau à la Fontaine. Le bon homme, en rentrant chez lui, fut surpris de le voir perché fur fon arbre. Ce voleur faifoit toutes fortes d'efforts pour fe débarraffer, mais inutilement.

Ah! drôle, je vous tiens, commença à lui dire *Misère* d'un ton tout-à-fait joyeux. Ciel! dit-il en lui-même, quels gens font venus loger chez moi cette nuit! Oh! pour le coup, continua-t-il en parlant toujours à fon voleur, vous aurez tout le tems, mon ami, de cueillir mes poires. Mais je vous protefte que vous les paierez bien cher par le tourment que je vais vous faire fouffrir. En premier lieu, je veux que toute la Ville vous voie en cet état, & enfuite je ferai un bon feu fous mon poirier pour vous parfumer comme un jambon de Mayence.

Miféricorde! Monfieur *Misère*, s'écria le dénicheur de poires; pardon pour cette fois, je n'y retournerai de ma vie, je vous le protefte. Je le crois bien, lui répondit l'autre; mais tandis que je te tiens, il faut que je te faffe bien payer le tort que tu m'as fait. S'il ne s'agit que d'argent, répondit le voleur, demandez-moi ce qu'il vous plaira, je vous le donnerai.

Non, lui dit *Misère*, point de quartier; j'ai bien befoin d'argent, mais je n'en veux point; je ne demande que la vengeance & te punir, puifque j'en fuis le maître. Je vais, dit il en le quittant, toujours chercher du bois de tous côtés; & enfuite, tu apprendras de mes nouvelles. Ne perds pas patience ; car tu as tout le rems de faire de belles réflexions fur ton aventure. Ah! ah! gaillard, continua-t-il, vous aimez donc les poires mûres, on vous en donnera.

Misère s'étant en allé, & ayant laiffé le pauvre diable fur fon arbre, où il fe donnoit tous les mouvemens du monde, & où il faifoit toutes fortes de contorfions pour en fortir, fans pouvoir y parvenir, il fe mit à fe lamenter, & cria tant qu'on l'entendit d'une maifon voifine. On vint au fecours, croyant que, dans cet endroit écarté, ce pouvoit être quelqu'un qu'on affaffinoit. Deux hommes étant accourus du côté où ils entendoient qu'on fe plaignoit, furent bien furpris de voir celui-ci monté fur l'arbre du bon homme *Misère*, & de ce qu'il n'en pouvoit defcendre.

Eh ! que diable fais-tu là, Compère, lui dit un de fes voifins? & que ne defcends-tu ? Ah! mes amis, s'écria-t-il, le miférable homme à qui appartient ce poirier eft un forcier ; il y a deux heures que je fuis fur cette branche fans en pouvoir fortir. Tu te trompes, reprit l'autre, *Misère* eft un très-honnête homme ; il n'eft pas riche, mais il n'eft affurément pas forcier ; autrement nous le verrions dans un autre état que celui auquel il eft depuis tant d'années. Peut-être que c'eft par une permiffion de Dieu que tu es demeuré branché de la forte pour avoir voulu lui voler ſes poires. Quoiqu'il en ſoit, la charité chrétienne nous oblige à te ſoulager. Diſant cela, ils montèrent, l'un à une branche, l'autre à une autre, & ſe mirent en devoir de débarraſſer leur voiſin ; mais ils n'en purent jamais venir à bout. Ils lui euſſent plutôt arraché tous les membres l'un après l'autre, que de le tirer de-là. Après toutes ſortes d'efforts inutiles, il eſt, ma foi, enſorcelé, ſe dirent-ils ; il n'y a rien à faire. Il faut en avertir promptement la Juſtice ; deſcendons. Il ſe mirent, en effet, en devoir de ſauter en bas ; mais quelle ſurpriſe pour ces pauvres gens de voir qu'ils ne pouvoient non plus remuer que leur voiſin !

Ils demeurèrent de la ſorte juſqu'à vingt-trois heures & demie (1), que le bon homme *Misère* étant rentré avec un biſſac plein de pain, & un grand fagot de broſſailles ſur ſa tête qu'il avoit été ramaſſer dans les hayes, fut terriblement étonné de voir trois hommes au lieu d'un ſeul qu'il avoit laiſſé ſur ſon poirier. Ah ! ah ! la foire ſera bonne, à ce que je vois, puiſque voici tant de Marchands qui s'aſſemblent. Eh ! que veniez-vous faire ici, mes amis, commença à demander *Misère* aux derniers venus ? Eſt-ce que vous ne

_____

(1) C'eſt environ midi ; car en Italie les heures ſe comptent de ſuite juſqu'à vingt-quatre, puis recommencent par une.

pouviez pas me demander des poires, fans venir de la forte me les dérober? Nous ne fommes point des voleurs, lui répondirent-ils; nous fommes des voifins charitables venus exprès pour fecourir un homme dont les lamentations & les cris nous faifoient pitié. Quand nous voulons des poires, nous en achetons au marché, il y en a affez fans les vôtres.

Si ce que vous me dites-là eft vrai, reprit *Mifère*, vous ne tenez à rien fur cet arbre, vous en pouvez defcendre quand il vous plaira; la punition n'eft que pour les voleurs. Et en même tems leur ayant dit qu'ils pou-voient tous deux defcendre, ils le firent promptement fans fe faire prier; & ils ne fçavoient que penfer de l'autorité qu'avoit *Mifère* fur cet arbre.

Ces deux voifins étant à terre remercièrent *Mifère* de ce qu'il venoit de faire pour eux, & le prièrent en même tems d'avoir compaffion de ce pauvre diable qui fouffroit extraordinairement depuis tant de tems qu'il étoit ainfi en faction. Il n'en eft pas quitte, leur répondit-il; vous voyez bien par expé-rience qu'il eft convaincu du vol de mes poires, puifqu'il ne peut pas defcendre de deffus l'arbre, comme vous venez de faire; & il y reftera tant que je l'ordonnerai, pour me venger du tort que ce larron m'a fait

depuis tant d'années que je n'en ai pu re-
cueillir un feul quarteron.

Vous êtes trop bon chrétien, Monfieur
Misère, reprirent les deux voifins, pour
pouffer les chofes à une telle extrémité ;
nous vous demandons fa grace pour cette
fois ; vous perdriez en un moment votre
honneur qui eft fi bien établi de tous côtés,
depuis tant d'années que votre famille demeure en cette Paroiffe ; faites trève à votre
jufte reffentiment, & lui pardonnez fuivant
votre bon cœur, à notre prière ; au bout du
compte, quand vous le ferez fouffrir davantage, en ferez-vous plus riches ?

Ce ne font pas les biens ni les richeffes,
reprit *Misère*, qui ont jamais eu aucun pouvoir fur moi. Je fçais bien que ce que vous
me dites eft véritable ; mais eft-il jufte qu'il
ait profité de mon bien, fans que j'y trouve
au moins quelque petite récompenfe ? Je
paierai tout ce que vous voudrez, s'écria le
voleur de poires. Mais, au nom de Dieu,
faites-moi defcendre, je fouffre toutes les
misères du monde.

A ce mot, *Misère* lui-même fe laiffa toucher ; il dit qu'il vouloit bien oublier fa faute,
& qu'il la lui pardonnoit ; que, pour faire
connoître qu'il avoit l'ame généreufe & que
ce n'étoit pas l'intérêt qui l'avoit jamais fait
agir dans aucune action de fa vie, il lui faifoit

préfent de tout ce qu'il lui avoit volé ; qu'il alloit le délivrer de la peine où il fe trouvoit, mais fous une condition qu'il falloit qu'il accordât avec ferment : c'eft que, de fa vie, il ne reviendroit fur fon poirier, & qu'il s'en éloigneroit toujours de cent pas auffi-tôt que les poires feroient mûres.

Ah ! que cent Diables m'emportent, s'écria-t-il, fi jamais j'en approche d'une lieue. C'en eft affez, lui dit *Misère ;* defcendez, voifin, vous êtes libre ; mais n'y retournez plus, s'il vous plaît. Le pauvre homme avoit tous les membres fi engourdis qu'il fallut que *Misère,* tout caffé qu'il étoit, l'aidât à defcendre avec une échelle, les autres n'ayant jamais voulu approcher de l'arbre, tant ils lui portoient de refpeft, craignant encore quelque nouvelle aventure.

Celle-ci néanmoins ne fut pas fi fecrette ; elle fit tant de bruit que chacun en raifonna à fa fantaifie. Ce qu'il y eut toujours de très-certain, c'eft que jamais, depuis ce tems-là, perfonne n'a ofé approcher du poirier du bon homme *Misère,* & qu'il en fait feul la récolte complette.

Le pauvre homme s'eftimoit bien récompenfé d'avoir logé chez lui deux Inconnus qui lui avoient procuré un fi grand avantage. Il faut convenir que, dans le fond, il s'agiffoit de bien peu de chofe ; mais quand on obtient ce qu'on defire au monde, cela fe peut compter pour beaucoup. *Misère*, content de sa destinée telle qu'elle étoit, couloit sa vie toujours assez pauvrement ; il avoit l'esprit content depuis qu'il jouissoit en paix de la petite récolte de son poirier, & que c'étoit à quoi il avoit pu borner toute sa petite fortune.

Cependant l'âge le gagnoit ; étant bien éloigné d'avoir toutes ses aises, il souffroit bien plus qu'un autre ; mais sa patience s'étant rendue la maitresse de toutes ses actions, une certaine joie secrette de se voir absolument maître de son poirier lui tenoit lieu de tout. Un certain jour qu'il y pensoit le moins, étant assez tranquille dans sa petite maison, il entendit frapper à sa porte ; il fut un peu étonné de recevoir cette visite à laquelle il s'attendoit bien, mais qu'il ne croyoit pas si proche. C'étoit la Mort qui faisoit sa ronde dans le monde, & qui venoit lui annoncer que son heure approchoit ; qu'elle alloit le délivrer de tous les malheurs qui accompagnent ordinairement cette vie.

Soyez la bien venue, lui dit *Misère* sans s'émouvoir, en la regardant d'un grand sang froid, & comme un homme qui ne la craignoit point, n'ayant rien de mauvais sur sa conscience, ayant vécu en honnête homme, quoique très-pauvrement.

La Mort fut très-surprise de le voir soutenir sa venue avec tant d'intrépidité. Quoi!

lui dit-elle, tu ne me crains point, moi qui
fais trembler d'un seul regard tout ce qu'il y
a de plus puissant sur la terre, depuis le
Berger jusqu'au Monarque? Non, lui dit-il,
vous ne me faites aucune peur. Et quel plaisir
ai-je dans cette vie? quels engagemens m'y
voyez-vous, pour n'en pas sortir avec joie?
Je n'ai ni femme ni enfans, (j'ai toujours eu
assez d'autres maux sans ceux-là ;) je n'ai
pas un pouce de terre vaillant, excepté
cette petite chaumière & mon poirier qui
est lui seul mon père nourricier par les beaux
fruits que vous voyez qu'il me rapporte tous
les ans, & dont il est encore à présent tout
chargé. Si quelque chose dans ce monde
étoit capable de me faire de la peine, je
n'en aurois point d'autre que l'attachement
que j'ai pour cet arbre depuis plusieurs
années qu'il me nourrit ; mais comme il faut
prendre son parti avec vous, & que la réplique n'est point de saison quand vous voulez qu'on vous suive, tout ce que je desire
& que je vous prie de m'accorder avant que
je meure, c'est que je mange encore en votre
présence une de mes poires; après cela, je ne
vous demande plus rien. La demande est
trop raisonnable, lui dit la Mort, pour te la
refuser ; va toi-même choisir la poire que tu
veux manger, j'y consens.

Misère ayant passé dans sa cour, la Mort
le suivant toujours de près, tourna long-

tems autour de fon poirier, regardant dans
toutes les branches la poire qui lui plairoit
le plus ; & ayant jetté la vue fur une qui lui
paroiffoit très-belle, voilà, dit-il, celle que
je choifis ; prêtez-moi, je vous prie, votre
faulx pour un inftant que je l'abatte.

Cet inftrument ne fe prête à perfonne,
répondit la Mort, & jamais bon Soldat ne
fe laiffe défarmer ; mais je penfe qu'il vaut
mieux cueillir avec la main cette poire, qui
fe gâteroit fi elle tomboit. Monte fur ton
arbre, dit-elle, *Misère.* C'eft bien dit, fi j'en
avois la force, lui répondit-il ; ne voyez-
vous pas que je ne fçaurois prefque me foutenir ? Eh bien ! répliqua-t-elle, je veux
bien te rendre ce fervice ; j'y vais monter
moi même, & te chercher cette belle poire
dont tu efpères tant de contentement.

La Mort ayant monté fur l'arbre, cueillit la
poire que *Misère* defiroit avec tant d'ardeur;
mais voulant en defcendre, elle fut bien
étonnée de trouver cela tout-à-fait impoffi-
ble. Bon homme, dit-elle en fe retournant
du côté de *Misère,* dis-moi un peu ce que
c'eft que cet arbre-ci.

Comment ! lui répondit-il, ne voyez-vous
pas que c'eft un poirier ? Sans doute, lui
répondit-elle ; mais je ne puis en defcendre,
qu'eft-ce que cela veut dire ? Ma foi, reprit
Misère, ce font-là vos affaires. Oh ! bon
homme, quoi ! vous ofez vous jouer à moi

qui

qui fais trembler toute la terre. A quoi vous
expofez-vous ?

J'en fuis bien fâché, lui dit *Mifère ;* mais
à quoi vous expofez-vous, vous-même, de
venir troubler le repos d'un malheureux qui
ne vous fait aucun tort ? Le monde entier
n'eft-il pas affez grand pour exercer votre
empire, & affouvir votre rage & vos fureurs,
fans venir dans une miférable chaumière arra-
cher la vie à un homme qui ne vous a jamais
fait aucun mal? Que ne vous promenez-vous
dans ce vafte Univers, au milieu de tant de
grandes Villes & de fi beaux Palais? vous
trouverez matière à fatisfaire votre infatia-
ble barbarie. Quelle penfée fantafque vous
avoit pris aujourd'hui de fonger à moi ! Vous
avez, continua-t-il, tout le tems d'y faire
réflexion ; & puifque je vous ai fous ma loi,
que je vais faire du bien au pauvre monde
que vous tenez en efclavage depuis tant de
fiècles! Non, fans miracle, vous ne fortirez
point d'ici que je ne le veuille.

La Mort qui ne s'étoit jamais trouvée à une
telle fête, s'apperçut bien qu'il y avoit dans
cet arbre quelque chofe de furnaturel. Bon
homme, lui dit-elle, vous avez raifon de me
traiter comme vous faites; j'ai mérité ce qui
m'arrive aujourd'hui, pour avoir eu trop de
complaifance pour vous ; cependant je ne
m'en repens pas : mais auffi, il ne faut pas
que vous abufiez du pouvoir que le Tout-

B

puissant vous donne en ce moment sur moi. Ne vous opposez pas davantage, je vous prie, aux volontés du Ciel. S'il desire que vous sortiez de cette vie, vos détours seroient inutiles, il vous y forcera malgré vous. Consentez seulement que je descende de cet arbre, sinon je le ferai mourir tout-à-l'heure.

Si vous faites ce coup-là, lui dit *Misère*, je vous proteste sur tout ce qu'il y a au monde de plus sacré que, tout mort que soit mon arbre, vous n'en sortirez jamais que par la permission de Dieu.

Je m'apperçois, reprit la Mort, que je suis aujourd'hui entrée dans une fâcheuse maison pour moi. Enfin, bon homme, je commence à m'ennuyer ici. J'ai des affaires aux quatre coins du monde; il faut qu'elles soient terminées avant que le Soleil soit couché, voulez-vous arrêter le cours de la Nature? Si une fois je sors de cette place, vous pourrez bien vous en repentir.

Non, lui répondit *Misère*, je ne crains rien. Tout homme qui n'appréhende point la Mort, est au-dessus de bien des choses. Vos menaces ne me causent pas seulement la moindre petite émotion; je suis toujours prêt à partir pour l'autre monde, quand le Seigneur l'aura ordonné.

Voilà, reprit la Mort, de très-beaux sentimens, & je ne croyois pas qu'une si petite maison renfermât un si grand trésor.

Tu peux bien te vanter, bon homme, d'être
le premier dans la vie qui ait vaincu la Mort.
Le Ciel m'ordonne que, de ton confente-
tément, je te quitte. Je ne reviendrai jamais
te revoir qu'au jour du Jugement univerfel,
après que j'aurai achevé mon grand Ouvrage, qui fera la deftruction générale de
tout le genre humain. Je te le ferai voir, je te
le promets; mais, fans balancer, fouffre que
je defcende. ou du moins que je m'envole;
une Reine m'attend à cinq cent lieues d'ici
pour partir.

Dois-je ajouter foi à votre difcours, reprit *Mifère?* N'eft-ce point pour mieux me
tromper que vous me parlez ainfi? Non, je
te jure que tu ne me verras qu'après l'entière deftruction de toute la Nature, & ce
fera toi qui recevra le dernier coup de ma
faulx. Les Arrêts de la Mort font irrévoca-
bles, entends-tu, bon homme?

Oui, dit-il, je vous entends, & je dois
ajouter foi à vos paroles; & pour vous
le prouver efficacement, je confens que
vous vous retiriez quand il vous plaira, vous
en avez à préfent la liberté.

A ce mot la Mort ayant fendu les aîrs,
elle s'enfuit à la vue de *Mifère*, fans qu'on en
ait entendu parler depuis. Quoique très-
fouvent elle vienne dans le Pays, même
dans cette petite Ville, elle paffe toujours
devant fa porte fans ofer s'informer de fa

fanté; c'eft ce qui fait que *Misère*, fi âgé foit-il, a vécu depuis ce tems-là toujours dans la méme pauvreté, près de fon cher poirier; & fuivant les promeffes de la Mort, il reftera fur la terre tant que le Monde fera Monde.

LE MIROIR

DE PATIENCE,

OU

LA MISÈRE

DES CLERCS

DE PROCUREUR;

DÉDIÉ

A MONSIEUR LE CHANCELIER

DE LA BAZOCHE.

LE MIROIR DE PATIENCE,

O U

LA MISÈRE
DES CLERCS
DE PROCUREUR.

A MONSIEUR LE CHANCELIER
de la Bazoche.

Suprême Magiſtrat d'une Cour ſubalterne,
Qui par ton grand eſprit ſagement ſe gouverne,
Toi qui ſçais ſans Licteurs, ſans ſceaux & ſans mor-
   tier,
Porter avec honneur le nom de Chancelier ;
Toi qui ſacrifié, dès ta tendre jeuneſſe,
A ce pénible état dont la rigueur m'oppreſſe,
Pendant plus de quinze ans as ſenti vivement,
Qu'un Clerc eſt en tout tems exercé rudement ;

Permets que les neuf Sœurs sous tes heureux auspices
A ces foibles essais daignent être propices ;
Et loin de méprifer cet important fujet,
D'un regard favorable anime mon projet.

.   Lorsque l'homme inconstant, (dont l'ame vaga-
    bonde
Sur cent desseins divers mal-à-propos se fonde ,)
Dans un état certain son repos veut chercher,
Au lieu qu'à bien choisir il devroit s'attacher,
Souvent dans ces projets l'entêtement préside ,
Et sa bizarre humeur le conduit & le guide ;
Exemple, amis, conseils , rien ne lui fait la loi ,
Dès qu'il apperçoit dans son futur emploi,
D'un bonheur apparent la moindre conjoncture,
Les maux préfens pour lui font des maux en peinture ;
Tout lui devient facile , & son ambition
Adoucit les rigueurs de sa condition.

    Tel dans un moyen rang trouve ce qu'il desire ,
Qui quitte son état pour en choisir un pire ;
Un proverbe , en un mot, qu'on ne peut contester ;
C'est que quand on est bien on n'y sçauroit rester.
Tu diras que j'ai tort sur ce début de prône,
De mesurer ainsi tout le monde à mon aulne ;
Mais les hommes enfin font également fous ,
Et dans le ridicule ils se ressemblent tous.
Ainsi , lorsqu'avec toi sur ce point je m'explique ,
Ce que je dis pour moi , que chacun se l'applique ;
Et si de ma folie en vain je me repens ,
Que quelqu'autre du moins soit sage à mes dépens.

Pour moi, quand fur l'appui d'une utile liaffe
Je remplirois un jour une éminente place,
Quand je devrois me voir Confeiller, Préfident,
Je m'en voudrois toujours de mon choix imprudent.
Ne nous y trompons pas; c'eft la haute fortune
Qui rend le plus fouvent notre vie importune;
Et quiconque, pouvant vivre heureux & content,
Pour un bien incertain hafarde un bien préfent,
Mérite qu'à fa peine aucun ne compatiffe.
Mais moi, qui blâme ici des autres le caprice,
Petit-fils de Fermier, fils de bon Laboureur,
Pourquoi me fuis-je mis Clerc chez un Procureur?
Au milieu d'une vie innocente & champêtre,
Rien ne me contraignoit, en tout j'étois mon maître;
Sans peine, fans travail, j'avois tout à foifon,
Quand fuivant tout-à-coup, contre toute raifon,
D'un père chicaneur le ruineux organe,
J'embraffai le parti de l'horrible chicane.
Le bon homme efpérant par un fafte *nouveau*
Entendre retentir fon nom dans le Barreau,
Et changer par l'acquêt de quelqu'Etude ancienne,
Sa baffe extraction en race Patricienne.
Ainfi, par un caprice à mon repos fatal,
Mon père qui faifoit fon plaifir capital
D'étudier à fond l'Art de la procédure,
Pour fon propre intérêt me mit à l'écriture;
(Imitant en cela certain homme bien fain,
Qui, malade d'efprit, vouloit qu'un Médecin,
Pour le mieux foulager, entrât dans fa famille,

B 5

Et que son mauvais goût fut celui de sa fille.)

Soit que mon ascendant sur mon choix l'emportât,
Soit que je fusse alors porté pour cet état,
En bref, de mes malheurs la source fut ouverte ;
D'une Etude en crédit on fit la découverte ;
Et, par un sort maudit, je tombai sous la main
D'un jeune Procureur, intéressé, vilain ;
Vilain, jusqu'à souffrir un pauvre Clerc malade,
Sans daigner lui jetter une piteuse œillade ;
Sans lui faire donner par générosité,
Un bouillon, lui dût-il redonner la santé.
Quoique j'en pusse faire une peinture affreuse,
Son humeur à tes yeux paroîtroit généreuse,
Si de son avarice inébranlable appui,
Sa femme en parallèle étoit mise avec lui.
Ils avoient à tel point la lézine en partage,
Que de ladres c'étoit un parfait assemblage.
On eût dit que tous deux, par un lâche complot,
Pour épargner sur tout s'étoient donnés le mot ;
Poussé, donc d'un esprit sordide & mercénaire,
Ils avoient fait passer en coutume ordinaire,
Que, sur raison, tout Clerc à son avénement
Laisser t du dîner écouler le moment.

Informé de la règle, à l'heure compétente,
Le dîner achevé, j'entre, & je me présente,
Je passe dans l'Etude, où d'un ton goguenard
On commence à railler sur mon air campagnard.
Un Clerc me rit au nez, au autre rit sous cape,
Et par dérision demande si je rape.

Lorfque le Procureur fe faifant entrevoir ,
Chacun gagne fa place , & vaque à fon devoir ;
Comme il n'eſt point de Clercs qui, trouvant un no-
    vice ,
N'aiguifent contre lui les traits de leur malice ,
Les nôtres , par un tems pluvieux à l'excès ,
Me font faire cent tours pour le moule (1) aux tirets ;
Tandis qu'à le chercher je me mouille & me crote ,
L'engeance cléricale en cent lieux me balote ,
Jufqu'à ce que , par grace , un ancien Procureur
Me découvre la fourbe , & me tire d'erreur.
Je reviens ; à l'inſtant chacun ceſſe d'écrire , ;
Sur ma fimplicité l'on éclate de rire.
Pour moi, je diſſimule , & je feins que leur jeu ;
Eſt un tour fans efprit qui me chagrine peu.
Ayant donc eſſuyé leur infolente audace ,
Tout auprès de la porte on m'aſſigne ma place.
C'eſt dans ce lieu qu'en proie à toute affliction ,
Comme rhume , cautère , enflûre , fluxion ,
Soit que le Facteur entre , ou que le Laquais forte ;
Un pauvre Clerc reçoit tous les vents de la porte ,
Qui voit fes pauvres mains ouvertes & fendues ,
Et par l'excès du froid entièrement perdues ,
Harcelé pour tranfcrire , ou mettre vìte au net ;

---

(1) Tiret, filet de parchemin tortillé avec la main ,
dont les Clers fe fervent pour attacher leurs écritures & les
étiquettes ; c'eſt un tour qu'on joue ordinairement à un
Clerc qui paroît niais.

Souffle pour dégeler l'encre dans son cornet.

Mon premier Procureur, homme fâcheux & rude,
Ne voulant point souffrir de feu dans son Etude,
Du charbon, disoit-il, voulez-vous m'entêter?
Le froid n'est pas si grand, on y peut résister.
Mais tandis qu'en héros il souffroit la froidure,
Il étoit jusqu'aux yeux affublé de fourrure,
Au lieu que mes parens n'ayant pas eu le soin
De me faire tenir mes hardes au besoin,
Depuis la saint Remi jusqu'au dernier Décembre,
Je fus sans bonnet double & sans robe-de-chambre,
Vaincu par le grand froid, si j'osois quelquefois
Passer dans la cuisine & m'y chauffer les doigts,
Tantôt je me trouvois avec la Procureuse,
Qui m'intentant procès sur mon humeur frileuse,
Tâchoit de me prouver qu'ennemi du repos,
Un bon Clerc devoit être insensible à tous maux;
Tantôt la cuisinière imitant sa maitresse,
Sur moi se déchaînoit avec fiel & rudesse,
Et crioit hautement, ou qu'elle sortiroit,
Ou que dans sa cuisine aucun Clerc n'entreroit.
Pour ne point irriter son ardente colère,
Je prenois sagement le parti de me taire;
Je regagnois l'Étude, où par un bruit affreux,
Et des pieds & des mains les Clercs lutoient entr'eux.
Pour moi, n'osant du froid murmurer ni me plaindre,
Mais voulant par honneur de mon mieux me con-
        traindre,
Aux dépens de mon corps, je m'échauffois l'esprit

A déchiffrer les mots d'un fatiguant écrit,
Sur lequel on eut dit qu'un Praticien antique
Avoit fçu raffembler les termes de Pratique,
Pour que tout Apprentif de la profeffion
Y prit de la chicane une ample inftruction.
A force de donner à mes yeux la torture,
Quand je fçus débrouiller ce genre d'écriture,
Pour me former d'abord, & me mettre en bon train ;
Dans l'art de bien tranfcrire on m'exerça la main.
Pour moi ce fut encore une gêne incommode
De fuivre, en copiant, leur bifarre méthode,
Et d'écrire les mots, ainfi qu'en vieux gaulois,
Les premiers Praticiens les mettoient autrefois.
Car tous les Procureurs, pour diftinguer leur ftyle,
Ont fçu fe réferver une ortographe utile,
Qui fait que dans un mot il entre quelquefois
Deux jambages de trop, ou cinq lettres pour trois ;
Dévouant à ce ftyle & mes foins & mes peines ;
J'y profitai fi bien, qu'en moins de fix femaines,
Banniffant tout-à-fait l'ufage d'abréger,
Sous ma plume on voyoit chaque trait s'allonger ;
Bref, je pouffai fi loin cette heureufe habitude,
Qu'en ce genre j'étois le héros de l'Étude ;
Mais, quoiqu'à travailler je fuffe induftrieux,
Malgré tout mon talent je n'en étois pas mieux ;
Car, lorfque pour la Ville il venoit quelqu'affaire,
D'abord le Procureur me la donnoit à faire ;
Et pour tout réconfort, fi je tardois un peu,
De glace qu'il étoit, il devenoit tout feu ;
De l'Étude j'avois le plus pénible pofte,

Je courois chaque jour trente fois à la poſte ,
J'allois folliciter l'Avocat & l'Huiſſier ,
De plus , j'allois au Timbre acheter le papier ,
Et de peur qu'un Commis ne fût ſujet à faire
Sur le total du compte un profit uſuraire ,
Mon Procureur dreſſoit un petit bordereau ,
Qu'avec moi chaque fois je portois au bureau ;
Mais il auroit fallu de Barême le livre :
Car , outre le papier , & les deux ſols pour livre ,
On exigeoit cent droits propres à démonter
L'eſprit le mieux verſé dans l'art de bien compter :
S'il me manquoit un liard , le Commis inflexible ,
Homme d'humeur à mettre en deux l'indiviſible ,
Plutôt que de laiſſer la moitié d'un denier ,
Souvent me renvoyoit bruſquement ſans papier.
Alors mon Procureur , qui ſçavoit par pratique
Tout ce qu'on peut ſçavoir en fait d'arithmétique ,
Démontroit au Commis , par une addition ,
Qu'il s'étoit abuſé dans ſa réduction.
Le Commis à ſon tour n'en voulant point démordre.
Soutenoit que ſon compte étoit juſte & dans l'ordre ,
Et je faiſois ainſi vingt voyages pour rien ,
Où , pour les accorder , il m'en coûtoit le mien.
    Comme un Clerc rarement manque de hardieſſe ,
Lorſqu'à ſon Procureur il peut faire une pièce ,
L'un de nous ayant mis du papier de côté ,
L'avoit ſur nouveaux frais effrontément compté ;
Notre ſubtile Argus , qui pendant ſa jeuneſſe
Avoit fait dans ſon tems mille tours de ſoupleſſe ,
Guetta ſi bien le Clerc , qu'il le prit ſur le fait ,

Et punit rudement cet horrible forfait.

Afin que du papier l'on ne pût rien fouftraire,

Il s'en fit le gardien & le dépofitaire ;

Et pour qu'à fon infçu l'on ne le trompât point ,

Dans le timbre il piquoit adroitement un point ,

Examinant de près à la prochaine emplette ,

S'il verroit quelque feuille où fa marque fut faite.

Quand j'allois faire en ville une commiffion :

Vous irez , difoit-il , par même occafion

Chez notre Rapporteur , ou chez fon Sécretaire;

Pour l'acte en queftion vous verrez le Notaire ;

Delà vous pafferez au Carroffe du Mans ,

Vous fçaurez fi pour moi l'on n'a rien mis dedans ;

Ne manquez pas d'aller au bureau du Contrôle ,

Sçachez de l'écrivain s'il a finit ce rôle ;

Informez ce Plaideur qu'il eft trop négligent ,

Et que je ne puis pas travailler fans argent ;

Il faut , s'il n'en a point , qu'il en quête en cent
   bourfes ,

Pour me dédommager de ces pénibles courfes.

Une heure avant midi nous allons au Palais ,

Je promenois le fac jufques au lieu du plaids ,

Cour des Aides , Grand-Chambre , Amirauté , Requêtes ;

Domaines , Eaux-Forêts , Table de Marbre , Enquêtes ;

Enfin cent Tribunaux m'exerçoient tous les jours ,

Par les réduits obfcurs de leurs nombreux détours ;

Pour un apprentif Clerc , c'eft une rude école ,

Quand il faut qu'en sa tête il dresse un Protocole ;
Pour sçavoir le moment, le lieu, l'occasion
De tirer du Palais une expédition :
Député pour lever une acte, une sentence,
Il a beau s'empresser, postuler, faire instance ;
Il a beau parcourir trente greffes divers,
Il y trouve toujours des esprits de travers,
Qui font les affairés ; & sans daigner répondre ;
Le laissent par malice en un coin se morfondre.
Heureux, si le faisant long-temps attendre en vain ;
Il ne remettent pas l'affaire au lendemain.
Quoique le Palais fut loin de notre demeure,
Pour aller & venir, je n'avois qu'un quart-d'heure ;
Et sur un tel calcul j'allois à mon retour
Justifier l'emploi de la moitié du jour.

Quand j'arrivai, l'Etude étoit si mal en ordre,
Et du haut jusqu'en bas régnoit un tel désordre,
Que les sacs, les papiers, sous un confus amas,
Traînoient dans la poussière à la merci des rats ;
Il sembloit qu'à dessein au jour de mon entrée,
L'heure de nettoyer eût été différée,
Et que le dernier Clerc faisant son fonds sur moi,
M'eût, pour se ménager, réserver cet emploi.
Dans l'Etude il n'étoit coin, ni recoin, ni place,
Qui de ma propreté ne fissent voir les traces.
Je promenois par-tout les houssoirs, le balais,
Je dérangeois les sacs, & je les secouois ;
Enfin tout fut si bien rangé sur les tablettes,
Que l'on pouvoit de loin lire les étiquettes.

Des maux de notre état qui ne seroit inftruit,
Croiroit que mes travaux ne furent pas fans fruit;
Qu'on fçache néanmoins que ma tâche achevée,
Juftement du repas l'heure étant arrivée,
Pour foulager ma foif & mon grand appétit,
Un pauvre galopin de deux doigts trop petit,
Rempli d'une pouffière épaiffe & dégoutante
Me fut, comme à regret, donné par la fervante;
Après avoir d'un trait vuidé ce mauvais vin,
Je paffai fon dégoût fur un morceau de pain,
Qu'à peine on difcernoit fous un coin de ferviette;
Et comme on approchoit de ce tems de difette,
Où l'extrême misère & la grande cherté
Aux plus riches ont fait craindre la pauvreté.
On minutoit dès-lors comment on pourroit faire,
Pour qu'au jufte les Clercs euffent leur néceffaire.
A l'indigne lézine on ne mit plus de frein,
Notre demi-feptier de bierre à moitié plein,
Loin de nous humecter dans notre fécbereffe,
Provoquoit notre foif avec plus de vîteffe.
Pour potage on trempoit trois foupes de pain bis,
Ou du gruau gâté qui paffoit pour du ris.
Mufe, redis-moi donc fans art & fans figure,
Sous les traits naturels d'une jufte peinture,
Combien en ce tems-là chaque Clerc affamé
Souffroit de voir le pain fous la clef enfermé.
Lorfqu'à table on citoit la cléricale troupe,
Nos deux époux munis d'une excellente foupe,
Avoient déjà pris foin de féqueftrer du plat

Le morceau le meilleur & le plus délicat.

Les jours gras chaque Clerc avec fa cotelette ;

Les jours maigres quatre œufs brouillés en omelette,

Faifoient affez fouvent la portion de trois.

On nous donnoit encor des féves & des pois,

Mais jamais du poiffon l'arrête meurtrière,

Ne nous mit en danger de perdre la lumière :

Chaque fois qu'on fervoit fur table un aloyau,

Les conviés, des Clercs refervoient le morceau;

Cet article eft fi vrai, qu'on s'eft fait un ufage

De citer ce proverbe en forme de paffage :

Car quand un aloyau paroît dans un repas,

Eh quoi, dit-on, Monfieur, vous n'y fongez donc
        pas ?

C'eft le côté des Clercs où vous voulez en prendre ;

Coupez en cet endroit, il eft cent fois plus tendre,

C'eft un jus fus fucculant qui flatte le palais,

Mangez..... l'autre côté fera pour les valets.

Quand notre Procureur mangeoit en compagnie,

En vain d'exquis morceaux la table étoit fournie ;

On avoit beau fervir des mets délicieux,

Le plus effronté Clerc n'y touchoit que des yeux.

Et fi l'un d'eux épris d'une paffion gourmande,

Au hafard d'effuyer une aigre réprimande,

Ofoit mettre la main fur le premier ragoût,

Et comme convié, manger felon fon goût,

La Maitreffe d'un œil menaçant & farouche

Suivoit chaque morceau qu'il portoit à fa bouche,

Et le repas fini, dans un difcours outré,

Sur fon effronterie il étoit chapitré.

Bien plus, pour éviter un incident femblable,

En pareil cas à part on dreffoit une table,

Où tous les Clercs réduits au fimple galopin,

Savouroient le fumet des fauces & du vin.

Qu'on laiffât dans un plat quelque chofe de refte,

Auffi-tôt la Servante alerte au moindre gefte,

Deffervoit hardiment, & ferroit avec foin

Ce dont les pauvres Clercs avoient fi grand befoin.

Et lorfque franchiffant librement toute crainte,

Un Clerc fur le manger proféroit quelque plainte,

Il étoit gourmandé, repris féverement ;

C'eft, difoit-on, parler trop impertinemment.

Monfieur eft délicat; dites-moi, je vous prie,

Ne faut-il point aller à la rotifferie ?

Alors le Procureur : Parlons de bonne-foi,

Je ne vois pas qu'on foit fi mal nourri chez moi ;

En vérité, pour moi, j'admire & je m'étonne

Qu'à votre goût jamais ma foupe ne foit bonne.

Ma Servante eft préfente, & peut me démentir

Si je ne dis pas vrai; quand je la vois fortir,

Achetez-moi toujours le meilleur, quoi qu'il coûte;

N'eft-il pas vrai, Nanon ? Parlez donc. — Oui, fans
    doute.

Pour éviter le bruit, on n'ofoit répliquer ;

Mais fi chacun eût pu franchement s'expliquer

Sans nul emportement, fans bruit & fans colère,

J'euffe dit doucement, d'un air libre & fincère

C'eft ici, je l'avoue, une bonne maifon,

Ce qu'on y boit eſt ſain, ce qu'on y manqe eſt bon;
Mais ne déguiſons rien: Madame votre épouſe
Qui de ſon embonpoint eſt un peu trop jalouſe,
Et qui veut conſerver ſon teint vermeil & frais,
Prend des bouillons du pot & le remplit après.
Moi qui n'ignore pas les loix & la coutume,
Je ſçais que ſuppoſant un mal de cœur, un rhume,
Le Procureur, ſa femme & le Clerc en faveur
Tirent ſouvent du pot le ſuc & la ſaveur;
Et puiſque vous avez l'ame ſi délicate,
Que vous ne voulez pas, Monſieur, que l'on vous
      flatte,
Je veux vous avertir que, lorſqu'au Cabaret,
Buvant à votre choix du rouge ou du clairet,
Vous épuiſez l'argent d'un Client qui vous traite,
Votre fine Servante au marché rien n'achète.
Item. Qand vous allez avec votre Avocat,
Au ſortir du Palais, prendre du chocolat,
Ou tandis que dehors vous faites bonne chère,
Votre épouſe au logis retranche l'ordinaire,
Et pendant le repas, pour mieux nous engager
A ſuivre ſon exemple & ne guères manger,
Elle fait tout exprès la ſobre & la diſcrette
Sur de vieux reſtaurans hachés en vinaigrette.
Item. Dame Nanon revenant du caveau,
N'apporte point le vin comme il ſort du tonneau,
Et dans nos galopins mettant de l'eau d'avance,
Nous fait impunément boire de l'abondance.
Ce n'eſt pas encor tout. Quand votre vin eſt bu,

Et qu'au bout de neuf mois le cartaud eft fur cul,
Si l'on va nous chercher en Ville de la bière,
Madame votre mère en goûte la première,
Et rognant chaque fois ainfi nos portions,
S'attire avec fujet nos malédictions.
Il convient que vos Clercs fe donnent de la peine,
Et pour vous enrichir foient toujours en haleine;
Mais auffi convenez qu'il eft de l'équité,
Qu'un Clerc qui vous fert bien, foit un peu mieux
  traité.
 Si, par un argument fi jufte & véritable,
Un Procureur pouvoit devenir plus traitable,
A force de raifons nous pourrions efpérer
Quelque remède aux maux qu'il nous faut endurer;
Mais non, les Procureurs ont tous l'ame trop dure,
L'avarice eft en eux un péché de nature;
Et leurs femmes toujours pleines d'ambition,
Suivant de leurs époux la noire paffion,
Quand pour leur jeu, leur fafte, elles font fans ref-
  fources,
Amaigriffent leurs Clercs pour engraiffer leurs bour-
  fes.
Sans en aller chercher un exemple bien loin,
Je m'en tiens à celui dont je fuis le témoin.
D'abord, fans trop donner dans l'efprit de fatyre,
Sans rien exagérer, fans mentir, j'ofe dire
Qu'il n'eft point dans Paris femme de Procureur,
Qui ne doive en malice à la nôtre l'honneur.
Eprife pour le jeu d'une fureur étrange,

Pendant des jours entiers des cartes elle arrange ,
Et comme son époux ne fonce point au jeu ,
A nos propres dépens elle passe son feu.
Tandis qu'à notre dam elle ferre la mule ,
Le Dimanche elle porte à tel point le scrupule ,
Qu'un crime à son avis qu'on ne peut pardonner ,
C'est lorsqu'avant la Messe on ose déjeûner.
D'ailleurs , le Procureur défendant que personne
Abandonne l'Étude avant que midi sonne ,
Les Clercs tout d'une voix lui remontrent envain
Qu'on entend leurs boyaux gronder , crier la faim ;
Il entre dans l'esprit qui gouverne sa femme.
Manger avant la Messe ! ah , dit-il , c'est infâme ;
Et l'on devroit punir quiconque mange ou boit ,
Avant que de payer à Dieu ce qu'il lui doit.
Chacun donc à midi sort avec pétulance ;
Tous courent s'habiller en grande diligence ,
Espérant , au défaut d'un mauvais déjeûner ,
Venir faire bientôt un excellent dîner.
Aux plus proches Couvens les Messes étant dites ,
Nous avons sur le champ recours aux Barnabites ,
Où l'apétit , vainqueur de la dévotion ,
Nous jette à tous momens dans la distraction.
Pressés par les accès de notre faim canine ,
Nous sortons de l'Église , & gagnons la cuisine ,
Ou l'on nous donne avis que Madame a grondé
De ce qu'à revenir nous avons tant tardé.
En effet , l'exposé n'est que trop véritable ,
Nous trouvons les plats nets , le défert fur la table.

La Procureuse alors commence à s'emporter,
Quel accident, dit-elle, a pu vous arrêter ?
Faudra-t-il donc, Messieurs, tous les jours vous
    attendre ?
Aux heures du repas pourquoi ne pas vous rendre ?
Pour moi, je n'entends rien à votre procédé ;
Si vos Clercs à la Messe ont un peu trop tardé,
Prenez-vous-en, Madame, à la lenteur des Prêtres.
Eh bien ! quoi qu'il en soit, vous passerez tous Mai-
    tres ;
Par-là vous apprendrez à vous diligenter.
Quand pour sortir en Ville, il faut vous ajuster,
Si par grace daignant modérer la Sentence,
Elle nous fait servir le quart de la pitance,
Il faut patiemment subir ce rude échec,
Ou nous déterminer à manger du pain sec.

    Mais de ma Procureuse un si fameux exemple,
Ne donnant pas peut-être une idée assez ample,
Ambitieux que rien ne manque à son portrait,
Je veux de son humeur citer encor ce trait.
Dans les jours de plaisirs, quand cette femme avare
Va manger en famille, accident assez rare,
Elle met ordre à tout, & de sa propre main,
A chacun de ses Clercs elle coupe du pain,
Puis sans examiner de leur faim la mesure,
L'enferme sous la clef dans une armoire sûre.
Or un jour, soit qu'en tête elle eut quelque embarras,
Soit par pure malice, elle n'en laissât pas ;
De sorte qu'au souper notre troupe étonnée,

Et d'un si triste oubli rudement consternée,
Ne sçavoit, comme on dit, à quel Saint se vouer ;
Quand par un tour d'esprit qu'on ne peut trop louer
L'un de nous s'avisa d'un rusé stratagême,
Dont l'exécution suivit à l'heure même.

C'est un tour, dira-t-on, anciennement cité ;
Qu'importe : il fut pourtant chez nous exécuté ;
D'ailleurs c'est une histoire agréable & plaisante,
Qui doit pour un lecteur être divertissante.

Après nous être donc cotisés pour les frais,
Nous appellons à nous un puissant portefais,
Nous lui contons l'affaire, & lui faisons comprendre
Que comme du plaisir sa part il pourra prendre,
Il doit pour son salaire exiger moins d'argent,
Et qu'il n'y perdra pas, s'il se montre obligeant.

Moins dans l'espoir du gain, qu'à dessein de bien rire,
S'accordant volontiers à ce qu'on put lui dire,
D'un bras fort & nerveux seul il sçait se charger
D'une espèce d'armoire, ou d'un garde-manger,
Où depuis quinze jours, ou même un plus long terme,
Moisissoient à loisir huit pains de pâte ferme,
Qui faisant résistance au tranchant du couteau,
Quelquefois ne cédoient qu'aux efforts du marteau.

Nous payons le porteur & nous le faisons boire ;
Arrivé dans l'endroit nous déchargeons l'armoire,
Et pleins de confiance en notre heureux destin,
Nous entrons dans la salle où se fait le festin.

L'inventeur d'un tel tour comme Roi de la Fête,
Chargé de présenter notre grave requête,

Prévient

Prévient la Procureuse , & la harangue ainſi :
Vos chers & féaux Clercs que vous voyez ici ,
Viennent très - humblement vous remontrer , Ma-
    dame ,
Qu'atténués de faim , tout prêts à rendre l'ame ,
Ils oſent , au milieu de leur perplexité ,
Attendre le ſecours de votre charité.
Vous qui n'ignorez pas que tous brûlans de zèle ,
Nous vous ſervons d'un cœur & d'une main fidelle ,
Avez-vous pu , Madame , ainſi vous échapper ,
Sans laiſſer au logis du pain pour le ſouper ;
Comme nous avons cru que faute de mémoire ,
Vous n'aviez pas ouvert la ſalutaire armoire ,
Voulant vous épargner le ſoin de revenir ,
Avec nous à nos trais nous la faiſons venir.
Mettez-y donc la clef d'une main favorable ,
Dans nos preſſans beſoins montrez-vous ſecourable ;
Et quand vous aurez fait ce digne effort pour nous ,
Vous verrez redoubler notre zèle pour vous.
A ces mots nos époux jurent , tempêtent , crient ,
D'autres n'en diſent rien , quelquesautres en rient ;
Pour nous ne remportant qu'un menaçant refus ,
Nous nous en retournons conſternés & confus.

   Mais , ma Muſe , pourquoi traitant cette matière ,
En chacun de ces points l'épuiſer toute entière ,
Laiſſons la lézine , & de peur d'ennuyer ,
Paſſons aux autres maux qu'un Clerc doit eſſuyer ;
Comme ſouvent l'exemple engage , excite , entraîne ,
Mon Procureur exprès ſe captive & ſe gêne ,

                        C

Et voulant au travail fe livrer tout entier,
Il a foin de fortir de table le premier.
Inftruits de leur devoir par cette exactitude,
A demi raffafiés, les Clercs gagnent l'Etude,
Et n'appréhendant rien de l'indigeftion,
Ils ne prennent jamais de récréation.
Si rompu de fatigue, un d'entre nous fommeil,
D'abord le Procureur à grand bruit le réveille;
Car il faut remarquer que de fon cabinet,
Il difcerne aifément ce que chaque Clerc fait,
N'en étant féparé que par une croifée
De vitres, & fouvent de barreaux compofée.
Toujours en défiance, inquiet, foucieux,
Pour éprouver fes Clercs, & les obferver mieux,
De moment en moment fur fes pieds il fe lève,
Et nous apoftrophant fans relâche ni trève,
Travaillez donc, dit-il, ne vous amufez point,
Dans vos rôles gardez d'oublier un feul point.
Puis il vient dans l'Etude, il nous prône, il nous
        prêche,
Il fent avec la main fi l'écriture eft fraîche,
Et fi par cette rufe il vient à deviner
Qu'un des Clercs ait perdu fon temps à badiner,
Il le tance, il le gronde, il lui dit qu'en chicane,
Dût-il vivre cent ans il ne fera qu'un âne,
Et qu'on ne réuffit dans la profeffion,
Qu'à force de travail & d'application.
Quand il ne fçait comment évaporer fa bile,
Il fe plaint qu'on n'a pas foin de chaque uftenfile,

Qu'on ne fait pas fervir les plumes jufqu'au bout,
Qu'on brife les canifs, qu'on fait dégât de tout.
Notez que chaque année il nous donne aux étrennes;
Des plumes environ trois ou quatre douzaines.
Si quelquefois voulant un peu me diffiper,
Je prends ma tabatière, ou me mets à raper,
Doucement donc, dit-il, votre bruit m'incommode;
Je ne veux pas chez moi qu'on fuive cette mode.
Pour lui, de toute part de papier entouré,
Il eft rêveur, penfif, il fait l'homme affairé;
Seulement pour la forme, il fue à ne rien faire;
Tandis que dans le fond, il ne fçait nulle affaire.

Rien ne me caufe encor plus de peine & d'ennui,
Que lorfque m'appellant pour écrire fous lui,
Il me faut d'une main prompte & précipitée,
Le fuivre & ne pas perdre un mot de fa dictée,
Et comme il croit toujours de mieux en mieux penfer,
Vingt fois il fait remettre, ajouter, effacer.
Encore par-deffus notre tâche ordinaire,
Fruftrant les Avocats de leur jufte falaire;
En leur place fouvent il fçait nous employer
A des écrits qu'il fait fous leur nom bien payer:
Lors qu'enfin averti par le fon de la cloche,
Qu'il fe fait déjà tard, & que minuit approche,
Il faut que malgré lui le travail prenne fin:
Soyez, dit-il ici, demain de grand matin,
Et ne me faites pas tirailler la fonnette?
Que la caufe d'appel avant midi foit faite,
Je vous l'ai déjà dit. Pour que le Magiftrat

Sur les mots peu ferrés ne faffe point d'éclat ;
Sur la première page écrivant moins au large,
Ayez toujours grand foin d'y laiffer peu de marge ;
Vous nous mettrez au net cette expédition,
Et vous, vous finirez cette production.
C'eft ainfi que toujours fans bornes, ni mefure
Il furcharge fes Clercs de pièce d'écriture,
Fauffement prévenu que plus ils en auront,
Plus à bien travailler ils fe dépêcheront.
A l'heure du coucher chacun étant fidèle,
Monfieur le Maître Clerc prend un bout de chandelle,
Mais fi près de fa fin, qu'au troifième efcalier,
Il expire en tombant du bord du chandelier.
Ici fans nous fervir de fauffes hyperboles,
Sans orner ce récit de figures frivoles,
Faifons de notre mieux fous un adroit pinceau,
D'une chambre de Clercs le fidèle tableau.
Un Clerc, quoiqu'il endure en tous lieux le martyre,
Ne peut être fi mal qu'il ne trouve encor pire;
Ainfi chargé d'ennui, accablé de malheurs,
J'ai fait depuis trois ans plus de dix Procureurs,
Mais je n'en ai point vu de qui l'ame corfaire
Sçût mieux l'art d'entaffer mifère fur mifère,
Que celui dont je fais le portrait aujourd'hui.
Outre que tous les Clercs font mal nourris chez lui,
Quand à minuit, & plus, il fait quitter l'ouvrage,
Il nous faut arpenter jufqu'au cinquième étage.
Là, dans un cabinet de chevrons lambriffé,
Et du haut jufqu'en bas de crachats tapiffé,

Paroît un méchant lit où, depuis trente années,
Punaifes, rats, fouris, puces, vers, araignées,
A la barbe des Clercs prennent impunément
Une ample nourriture outre leur logement.
Avec malpropreté les draps, la couverture,
Y font enfevelis fous de gros tas d'ordure:
Et comme le réduit de ce trifte féjour,
Eft prefqu'impénétrable à la clarté du jour,
Un œil de bœuf pour tout y fervant de fenêtre,
D'abord on penfe voir un cachot de Bicêtre;
Ajoutez à cela l'horrible puanteur,
Qui faififfant le nez, fait foulever le cœur.
Comme il n'eft dans ce lieu, fiége, table, ni chaife,
Chacun fait ce qu'il peut pour fe mettre à fon aife;
L'un pour fe déchauffer, s'affit fur le degré,
Un autre fans façon fi-tôt qu'il eft entré,
Tout chauffé, tout vêtu, s'étend fur la couchette.
On l'appelle, on le tire, à terre l'on le jette:
Il dort, & quoiqu'il ait le plancher pour chevet,
A l'entendre, on diroit qu'il foule le duvet.
Des deux qui font couchés, l'un ronfle & l'autre jure
De n'avoir point fur lui ni drap ni couverture,
Et pour fon compagnon n'ayant aucun égard,
Près du bord il le pouffe, & prend tout pour fa part;
Dans l'agitation fi l'autre fe réveille,
Il rend à fon voifin fur le champ la pareille,
Et d'une courte nuit les momens précieux
Se perdent de la forte en débats furieux.
L'hiver, dans les rigueurs d'une extrême froidure,

Sans crainte de coucher tout à plat fur la dure,
La paillaffe nous couvre, & pour nous échauffer,
Nous courons le danger de nous faire étouffer.
Bien plus : comme le toit en crevaffes abonde,
Dans les temps pluvieux, l'orage nous inonde ;
L'eau formant des ruiffeaux, coule le long du lit,
La paillaffe, les draps, tout fe gâte & pourrit,
Ne donnant au travail jamais de furféance,
Pour nous accommoder felon la bienféance.
Si nous voulons avoir notre gîte bien net,
Nos fouliers décrotés, & notre lit bien fait,
Il faut à la fervante un tribut par femaine,
Ou payer au laquais tant par mois pour fa peine ;
Et même c'eft fuivant cet état & ce plan,
Qu'il reçoit plus ou moins d'appointement par an.
Ce qui par-deffus tout me trouble & m'inquiette,
C'eft qu'en ce galetas ayant mis ma caffette,
Il faut faire le guet, de peur qu'avec efforts,
On en faffe fauter la glace & les refforts:
Car pour fe foulager dans leur mifère outrée,
L'un fur l'autre, les Clercs vont à la picorée ;
Et tel a pour tout bien deux chemifes vaillant,
Qu'on voit de deux jours l'un fe mettre en linge
   blanc.
Quand je vins à Paris ma mère prit la peine
De m'apprêter mouchoirs, chemifes par douzaine,
Mais chez les Procureurs je ne fus pas fix mois,
Que mes comptes de douze étoient réduits à trois.
Me taxant d'être dupe, on me dira peut-être

Que le tour aisément pouvoit se connoître :
Je le dis à ma honte , un Clerc est si malin ,
Que le Diable pour lui ne seroit pas trop fin.
Mes frippons , pour qu'on n'eût contre eux aucune
     preuve ,
D'une vieille chemise en faisoient une neuve ,
Et soigneux d'enlever la marque de mon nom ,
Prouvoient que j'avois tort , & qu'ils avoient raison.
Si j'osois m'écrier d'une voix désolée ;
Une cravate hier , Messieurs , me fut volée ;
Ils répondoient d'abord tout fumans de courroux :
Vous êtes un maraut : pour qui nous prenez-vous ?
De nous parler ainsi , votre audace est extrême ;
Si l'on vous a volé , le voleur c'est vous-même ;
Je ne repliquois rien , quoique sûr de mon fait ,
De peur que notre bruit eût un fâcheux effet.
Mais quoi , me dira-t-on , dans l'état déplorable
Où se rencontre un Clerc que sa misère accable ,
Un Clerc qui jour & nuit trace , fatigue , écrit ,
Qui s'épuise en tout tems & le corps & l'esprit ,
Qui pour comble de maux , toujours sur le qui vive ,
S'allarme , tremble , & craint que d'une main furtive ,
L'un de ses compagnons n'enlève un beau matin
Ses hardes , sa cassette , & son petit butin ;
Peut-il bien sur un lit plus dur qu'une civière ,
Prendre quelque repos , & fermer la paupière ?
Oui , sans doute , & malgré mes douloureux ennuis ,
Si je pouvois passer paisiblement les nuits ,
A souffrir sans murmure , excitant mon courage ,

Je sçaurois modérer les accès de ma rage ;
Mais, hélas ! quelquefois long-tems avant le jour,
Quand tout est encor calme en chaque carrefour,
Avant que l'Artisan commençant son ouvrage,
D'un bruit retentissant frappe le voisinage.
Un Client qu'un procès empêche de dormir,
Sous les coups du heurtoir la porte fait gémir ;
Brûlant d'impatience, emporté de furie,
Il appelle les Clercs, il sonne, il jure, il crie :
Enfin le Procureur s'éveillant en sursaut,
Sans songer s'il n'est pas plus matin qu'il ne faut,
S'abandonne aux transports de sa fureur brutale,
Et l'esprit tout ému, sa sonnette brimbale :
Sur ce point le Plaideur redoublant ses efforts,
Le grand bruit qui se fait & dedans & dehors,
Cause dans le quartier un terrible vacarme :
Les sonnettes en train jettent par-tout l'alarme,
Et semblent sous les coups d'un sinistre tocsin,
Annoncer du logis la ruine & la fin.
Tremblans & pleins d'effroi nous nous habillons
        vîte,
D'un pas précipité nous quittons notre gîte :
Nous trouvons sur nos pas le Client éperdu ;
Ah ! c'en est fait, dit-il, Messieurs, je suis perdu,
Sçachez que ma Partie a fourni des répliques
Que contre mes griefs il a rendu publiques.
Donnez-moi donc vos soins & vos attentions,
Employons, mes amis, force Salvations :
Je vous satisferai, j'en jure en conscience.

Eh, de grace, Monſieur, donnez-vous patience,
Tous les Clercs de céans deſirent votre bien :
Au reſte, croyez-nous, ne précipitez rien.
Pendant tous ces propos la chandelle s'allume,
Le Procureur deſcend, nous prenons tous la plume ;
Et le plaideur tenant ce qu'il vouloit avoir,
Nous ſommes aſſurés de ne le plus revoir.
ʃ Mais quand on laiſſerait en paix notre demeure,
La nuit n'en ſeroit pas pour nous beaucoup meilleure,
Car notre Procureur qui dort moins qu'un jaloux,
Pour nous faire lever, eſt ſans ceſſe après nous.
Encore s'il tardoit quelque tems à deſcendre,
Nous pourrions à loiſir bâiller & nous étendre,
Ou nous ferions rouler la converſation
Sur les déſagrémens de la profeſſion.
Mais lorſqu'au ſaut du lit ſa pantoufle il remue,
Ou que ſur l'eſcalier il touſſe, il éternue ;
Nous faiſons tous ſilence, & d'un eſprit craintif,
Chacun fait ſemblant d'être à l'ouvrage attentif.
Alors tel qui ne peut jetter juſte la vue
Sur l'endroit dans lequel il faut qu'il continue,
Craint que le Procureur ne le trouve en défaut ;
Et reprenant plus haut ou plus bas qu'il ne faut,
Fait naître quelquefois une mépriſe énorme,
Qui peut rendre le fond vicieux par la forme.
Un autre n'oſant pas faire un coup ſi hardi,
Suppoſe quelque mal qui le rend étourdi ;
Mais pour un Procureur ces tours ſont peu de miſe ;
Ainſi ſoit qu'il s'emporte, ou qu'exprès il déguiſe,

C 5

Ce que par son absence il a fait différer,
Par sa présence au double il le fait réparer.
Eh quoi ! dit-il, Messieurs. suis-je donc votre dupe ?
Je prétends que chez moi tout le monde s'occupe ;
Dût l'ouvrage manquer ; feignez de copier ;
Plutôt que d'être oisif, barbouillez du papier :
Car souvent un Plaideur jugeant par l'apparence,
Quand il voit que des Clercs vivent dans l'indolence
Croit que son Procureur peu chargé de procès
Ne pourra pas au sien donner un bon succès.
Souvenez vous qu'un Clerc est fait pour l'écriture.
Ainsi tous ces faquins amateurs de lecture,
Qui toujours ont le nez fourré dans les Romans,
Et qui perdent envain tant de rares momens,
Qu'ils emportent d'ici leurs livres d'amourettes
Et s'en aillent ailleurs méditer leurs sornettes.

Le Procureur encore a la précaution,
Pour nous rendre assidus sans interruption,
De ne souffrir placets, ni chaises dans l'Étude ;
De peur que, pour causer, plus que par lassitude ;
Un Client désœuvré venant s'y reposer,
Ne nous tienne un discours propre à nous amuser.
Sous les yeux clairvoyans notre troupe gênée,
A faire le cahier passe la matinée,
Et semble demander avec empressement,
D'un succint déjeûner le fortuné moment.
Sur les dix heures donc la cuisine est ouverte ;
A l'instant chaque Clerc s'y rend d'un pas alerte ;
Et pour leur portion tous prennent sans choisir

Un morceau de pain bis qui commence à moiſir.
La Procureuſe a beau compter ſur ſa ſervante,
A notre déjeûner elle eſt toujours préſente,
Soit pour examiner ſi, parmi les morceaux,
Il n'en eſt point qui ſoient trop tendres ou trop gros;
Soit pour voir ſi, rodant autour de la marmite,
Les Clercs n'en tirent point la chair à moitié cuite.
Pour nous quel crève-cœur de voir que dans le tems
Qu'il faut avec douleur nous ruiner les dents
A caſſer une croûte épaiſſe, sèche & dure,
Le Valet à nos yeux dévore l'entamure,
Dont le bizeau doré tout tendre & ragoûtant,
Semble fondre en ſa bouche & paſſe en un inſtant.
Tout le monde le ſçait, chez les gens de Pratique,
Un Laquais, un Cocher, le moindre Domeſtique
A ſes repas aura meilleure portion
Qu'un jeune homme bien né qui paye penſion.
Ce qui me ſemble encore une injuſtice atroce,
C'eſt que voulant rouler à peu de frais caroſſe,
Pour nourrir ſes chevaux le Procureur a ſoin
D'épargner ſur ſes Clercs & la paille & le foin.
　　Pour toi, grand CHANCELIER de l'illuſtre
　　　BAZOCHE,
Du mérite duquel pas un autre n'approche,
Conviens que pour monter au rang dont tu jouis,
Il te fallut ſouffrir des tourmens inouis.
Toi qui n'ignore pas que, par mauvaiſe ruſe,
De ces timides Clercs tout Procureur abuſe,
En uſurpant ſur eux la rétribution

Que leur doit rapporter chaque taxation (1),
Tu fçauras que le mien me fufcite querelle,
Et me fait tous les jours quelque peine nouvelle,
Pour m'obliger enfin, par fes emportemens,
A lui céder ma place & mes émolumens.
Croirois-tu qu'il me fait un crime impardonnable
De ce que tranfporté d'une audace louable,
Je parois rechercher avec empreffement
D'être Membre du corps dont tu fais l'ornement.

Fais donc que notre État reçoive une autre forme ;
De ces crians abus fais faire la réforme.
Quant à moi, je ferai content & fatisfait,
Si ce petit Ouvrage, ayant un bon effet,
Prouve à tout Afpirant que c'eft n'être pas fage,
De vouloir entreprendre un fi rude efclavage.
Mais enfin il eft tems, achevons ce Récit.
Conclud, ami Lecteur, de tout ce que j'ai dit,
Que jamais il ne fut de condition pire,
Que celle qu'à tes yeux je finis de décrire,
Et que vouloir pour Clerc au Palais s'inftaller,
C'eſt vouloir à tous maux foi-même s'immoler.

---

(1) Taxations de dépens, dans lefquelles le Clerc qui a
travaillé aux écritures, a un fol par article.

LA MISÈRE

DES GARÇONS

CHIRURGIENS,

AUTREMENT APPELLÉS FRATERS;

Représentée au naturel dans un Entretien facétieux entre un Garçon Chirurgien & un Clerc de Procureur.

LA MISÈRE

DES GARÇONS

CHIRURGIENS,

Autrement appellés FRATERS.

LE CLERC.

En vérité, mon cher ami, je ne sçais pas quand vous me tiendrez parole. Il y a plus de six mois que vous me faites toujours efpérer de m'entretenir des Misères que vous endurez. Autrefois je vous ai fait une peinture naïve de la mienne, & de celle que fouffrent tous mes Confrères chez Meffieurs les Procureurs ; & afin de vous en rafraîchir la mémoire de tems en tems, je n'ai pas dédaigné même d'en compofer un Livre en Vers, qui court imprimé dans les mains de tout le monde, & qui ne lui a pas déplu.

LE CHIRURGIEN.

Il eſt vrai que je vous ai manqué de parole ; mais vous devez bien croire que c'eſt
plutôt faute de loiſir, que faute de bonne
volonté. J'avoue que votre condition eſt
étrange, que vous avez beaucoup à ſouffrir
en tout tems dans vos Études, & de l'humeur bizarre de vos Maîtres. J'ai lu avec des
hauſſemens d'épaules & des lamentations
plus dolentes & plus triſtes que celles de
Jérémie, la deſcription que vous en faites
par écrit, & j'ai écouté attentivement ce que
vous m'en avez appris de votre bouche.
Cependant, il me ſemble que vos ſouffrances
ſont des roſes, & que les épines nous ſont
réſervées. Puiſque nous nous rencontrons ſi
heureuſement, que j'ai une heure de loiſir,
& que vous êtes en train de m'écouter, je
vais vous convaincre que vous n'êtes pas ſi
malheureux que vous le croyez, & que nous
autres, pauvres diables ſurnommés Garçons
Fraters, nous ſommes aſſurément beaucoup
plus miſérables que vous.

LE CLERC.

Cela ſe peut ; mais le mal d'autrui ne nous
paroît jamais ſi grand que le nôtre, parce
qu'en effet nous ne ſentons que ce qui nous
touche ; & conſultez un Apprentif, de
quelque métier que ce puiſſe être, il vous

répondra qu'il n'eſt perſonne de plus malheureux que lui, & qu'il ſouffre dans ſa
condition plus qu'un Galérien. Je crois bien
que vous avez beaucoup de peine; mais je
ne ſçaurois me perſuader que vous en ayez
plus que nous autres Clercs, qui ſommes plus
eſclaves que les eſclaves mêmes, & plus attachés au travail qu'Ixion ne l'eſt à ſa roue.

LE CHIRURGIEN.

Quelque ſentiment que vous ayez de vos
peines, vous conviendrez que nous en avons
encore bien davantage, & qu'il n'eſt point
de Tantale & de Siſiphe, de Danaïdes & de
Promethée, qui ſoient plus tourmentés que
nous.

Ouï, vos tourmens que l'on publie
Sont moindres, ſans comparaiſon,
Que ceux qu'on ſouffre en la maiſon
De tous Maîtres en Chirurgie;
Et vos plus piquantes douleurs
Ne ſont que roſes & que fleurs
Qui n'entrent point en paralelle
Avec la perſécution
Qu'une Chirurgienne cruelle
Invente dans ſa paſſion.

LE CLERC.

Les Femmes vous tourmentent donc plus
que les Maris : tout au contraire de nous

autres, qui fommes plus fouvent tourmentés des Maris que de leurs Femmes.

LE CHIRURGIEN.

Vous ne dites jamais plus vrai : car les Chirurgiens ont tous les jours des affaires en ville, auffi-bien le matin que les après-midi, foit à vifiter leurs malades, foit à panfer leurs bleffés, foit à faire des faignées; & en leur abfence leurs Femmes nous commandent à la baguette ; nous envoient partout où il eft befoin de faire des barbes (*) ; nous éveillent dès le poitron Jacquet pour ouvrir la boutique, & nous oblige de garder la maifon toute la journée, de crainte que l'abfence d'un Garçon ne faffe perdre les pratiques.

LE CLERC.

Si vous étiez Poëte, vous devriez mettre tout cela en Vers ; car tous ces détails en valent bien la peine.

LE CHIRURGIEN.

Quand cela feroit, mon cher, je ne ferois que ce que vous avez fait. Votre Mifère n'eft-elle pas écrite en Vers héroïques & même en chanfons ? & n'a t-on pas vu des

_____

(*) Les Chirurgiens prenoient autrefois à Paris la qualité de Barbiers-Étuviftes. Il n'y a pas encore trente ans qu'ils avoient boutique ouverte, avec cette infcription : *Ici l'on fait le poil proprement.*

Ménuifiers & des Pâtiffiers rimailler, témoins
celui de Nevers : & des Couteliers faire rage
dans les controverfes ? Ne fommes - nous
pas pétris de chair & d'os comme eux ?
Je voudrois avoir autant de bonheur dans
ma condition, que j'ai de facilité à en compofer ; je ne ferois pas dans la peine de me
plaindre, & jamais je n'aurois mis en lumière cette peinture de mon infortune.

LE CLERC.

Qui vous obligeoit donc d'embraffer cette
fâcheufe condition ? n'en eft-il pas d'autres
plus douces, & qui euffent été plus con-
formes à votre humeur ?

LE CHIRURGIEN.

Qui vous obligeoit vous - même d'être
Porte-fac d'un Procureur ? .... vous qui
pouviez, ayant de l'efprit, afpirer à quelque
chofe de plus noble ?

LE CLERC.

Le defir d'apprendre la Pratique fi néceffaire aujourd'hui dans le monde ; car
comme l'on ne fonge qu'à fe tromper l'un
& l'autre, fi un homme n'a quelque connoiffance des affaires & de la chicane, il fe laiffe
duper, il perd fon bien, & fe trouve à la fin
logé chez qui t'en viens tu ?

LE CHIRURGIEN.

Le defir d'apprendre auffi quelque chofe,

m'a engagé de choifir la Chirurgie. La Médecine & la Phlébotomie avoient pour moi
des charmes , & comme j'entendois dire à
tout le monde , qu'un homme qui avoit
une particulière connoiffance de toutes les
parties du corps humain , qui fçavoit faigner , faire le poil proprement , & panfer
les plaies , étoit capable de paffer par tout ,
de gagner fa vie en temps de paix ou en tems
de guerre , dans les Bourgs , les Villes &
Villages, dans fon pays ou dans les Terres
étrangères ; je vous avoue que j'ai préféré
cette condition à toute autre , fans faire
réflexion fi elle étoit douce ou pénible.

LE CLERC.

S'il eft vrai que rien ne s'acquiert fans
peine , c'eft une folie à nous de nous
plaind e.

LE CHIRURGIEN.

Si c'eft une folie , tout le monde eft donc
fou , puifque tout le monde fe plaint , de
quelque qualité & condition qu'il foit. Je
n'ai jamais oui-dire que la plainte fût défen-
due aux malheureux ; c'eft une chofe affez
naturelle : & quand on conte fes peines à fes
amis, c'eft, ce me femble , un grand remède
à tous maux ; ce qui me confole , c'eft que
je ne fuis pas le feul , & que vous-même ,
vous avez fait la même fottife en entrant
chez un Procureur.

LE CLERC.

Alte-là ; comment ! vous êtes Chirurgien, vous êtes Poëte, vous êtes Philofophe, vous êtes Diable ; car vous fçavez tout.

LE CHIRURGIEN.

Non, non, l'ami ; c'eft vous qui pouvez d'un Diable en faire deux, puifqu'il eft vrai qu'il n'eft rien de plus méchant qu'un Clerc & qu'un Ecolier ; l'un eft à la fource des malices, & l'autre en invente tous les jours de nouvelles ; & je crois, contre l'opinion de quelques-uns, que pour former un Diable, il faudroit prendre la tête d'un Clerc, la langue d'une Femme, le corps d'un Ecolier, & les jambes d'un Laquais.

LE CLERC.

Il feroit beau voir la diffection d'un tel animal, le décharner, & en enfiler les os en manière d'un fquelette : mais comme vous nous mettez en capilotade, croyez - vous que l'on ne vous donne pas auffi de quolibets à faire rire.

LE CHIRURGIEN.

Je fçais bien qu'on ne nous épargne pas plus que les autres, & que la grande injure qu'on nous fait, c'eft de nous appeller Chirurgiens de Village quand nous ne réuf-

fiſſons pas délicatement dans quelque opé-
ration : quelquefois même on menace les
petits enfans de nous , qui nous craignent
autant pour le moins que les Chaudronniers
& les Ramoneurs de cheminées ; mais cela
n'empêche pas que nous ne nous rendions
néceſſaires , juſqu'au point que l'on ne s'en
peut paſſer ; & d'ailleurs , comme notre
profeſſion eſt très-chatouilleuſe , nous tâ-
chons de nous rendre capables , & de ne
rien entreprendre ſur le corps humain qu'à
bonnes enſeignes.

LE CLERC.

En effet, il eſt bon que vous ayez la
main bien adroite , particulièrement quand
il eſt queſtion de ſaigner, de raſer, d'in-
ciſer , ou de faire quelques opérations douloureuſes ; & dans ces rencontres on ne
ſçauroit trop ſe mettre en peine de chercher les hommes habiles. J'ai vu des per-
ſonnes eſtropiées par de mauvaiſes ſaignées,
& je crois que c'eſt la choſe la plus difficile
de la Chirurgie.

LE CHIRURGIEN.

A dire le vrai, c'eſt un grand point de
ſçavoir bien ſaigner : car comme le corps eſt
entr'autres parties compoſé de veines , de
nerfs, d'artères, de muſcles & de cartillages,
il eſt très-dangereux en ouvrant celles-là, de

piquer & toucher ceux-ci ; & quoique la
ſtructure des hommes ſoit ſemblable , néanmoins les uns ſont plus difficiles à ſaigner
que les autres , ſoit à raiſon de la trop
grande repletion cauſée par trop de graiſſe
qui enſevelit les vaiſſeaux, & les rend preſque
imperceptibles : ſoit à cauſe , s'ils ſont viſi-
bles , qu'ils ſont déliés ni plus ni moins que
des cheveux : mais pour peu d'expérience
que l'on ait de cet Art , il eſt aiſé d'en ſortir
à ſon honneur ; & ſi vous avez vu des per-
ſonnes eſtropiées , peut-être n'étoit-ce pas
la faute du Chirurgien ; car il ne ſe trouve
que trop de gens qui naturellement craignent
la ſaignée, & qui dans cette appréhenſion
font la ſottiſe de retirer leur bras quand on
ſe prépare à leur ouvrir la veine. Jugez en
quel danger ils ſe mettent , & ſi un pauvre
Chirurgien, tout habile qu'il ſoit , ne tremble pas pour ſon malade & pour lui-même.

LE CLERC.

Vous avez raiſon, je me veux quelquefois
du mal d'avoir auſſi cette foibleſſe : toutefois je me conſole, puiſque je ne ſuis pas
unique en mon eſpèce, & qu'il y a même
de grands hommes qui craignent la ſaignée
comme la mort.

LE CHIRURGIEN.

On dit que le Maréchal de Gaſſion étoit
de ce nombre , lui qui d'ailleurs ne crai-

gnoit point les coups dans la chaleur des
combats, & qui n'en revenoit guères fans
être couvert de pouffière, de fang & de
plaies ; le Comte de Grandpré n'a jamais
voulu fouffrir qu'on le faignât, & ne pouvoit
même, dit-on, voir faigner les autres.

LE CLERC.

Je voudrois bien fçavoir d'où peut pro-
venir cette crainte ?

LE CHIRURGIEN.

Entre plufieurs raifons naturelles que l'on
peut rapporter, celle-ci n'eft pas, ce me
femble, à rejetter ? c'eft le defir que l'on a
de fe venger de fon ennemi & l'efpérance
que l'on a de le vaincre, émeut tellement le
cœur & le fang, qu'il n'eft pas poffible en
cet état de concevoir aucune crainte. D'ailleurs, on eft fi puiffamment animé, foit par
l'exemple des plus vaillans Capitaines, par
les fanfares des trompettes, par le bruit des
tambours & le cliquetis des armes, foit par
l'honneur, que l'on peut appeller le mobile
de la guerre, & l'eftime particulière que l'on
efpère de fon Prince, que l'on fe hafarde
aveuglement par-tout, & que l'on voit
couler fans émotion le fang de fes propres
bleffures ; au lieu que dans la faignée il faut
tendre le bras de fon propre mouvement,
voir tirer fon fang le principe de fa vie, le
                              perdre

perdre inutilement, & payer encore celui qui vous caufe une fi dangereufe perte.

LE CLERC.

Cette réflexion n'eft pas moins véritable que judicieufe : mais paffons de ce raifonnement à notre premier entretien, & faitesmoi, s'il vous plaît, le récit de vos difgraces, comme je vous ai fait autrefois le récit des miennes.

LE CHIRURGIEN.

Rien n'eft plus jufte, & je prétends bien vous fatisfaire préfentement en ce point, puifque je vous tiens fi à propos. Ecoutez donc le commencement de ma vie.

Le foin d'un père qui n'afpire
Qu'à bien élever fes enfans,
M'avoit, dès mes plus jeunes ans,
Dans un collége fait inftruire ;
Où deffous un pédant mutin,
Je crachois déjà du Latin ;
Mais le métal fous qui tout roule,
Manqua bien à mon falut,
Et faute de trois tours de boule,
Je ne pûs aller jufqu'au but.
  La fortune, aveugle Déeffe,
Ainfi fçût bien en peu de jours
Abréger le prolixe cours

D

Des études de ma jeuneſſe ;
Déjà ſur des ſujets divers,
Je fagottois de foibles Vers,
Quelque Sonnet, quelque Elegie ;
Quand, par un importun Courrier,
J'appris qu'en l'art de Chirurgie
Il me falloit étudier.

Auſſi-tôt je ſentis ma face
Nager en des ruiſſeaux de pleurs,
Voyant ſi-tôt flétrir les fleurs
Que je cueillois ſur le Parnaſſe :
Adieu, criai-je à mon Régent,
En déclamant contre l'argent ;
Maudit ſoit le luſtre de verre,
Faux éclat, excrément trompeur,
Tiré du centre de la terre,
Plus débile qu'une vapeur.

Eploré comme un Héraclite,
Je pris congé de Cicéron,
De Virgile, Horace & Varron,
Du tréſor des Phraſes d'élite,
Prenant un livre *ad Medicum*,
Dont je fis mon *Vade mecum*,
Non d'Ovide, non d'Iſocrate ;
Adieu, dis-je, aimable Entretien,
Je veux carreſſer Hypocrate,
Hoffman, Boerrhaave & Galien.

Dès que je fus dans la Pratique,
Je n'aſpirai rien qu'à ſortir,

Et me difpofant à partir ,
Je plantai-là notre boutique.
Mes amis , les larmes aux yeux ,
Me vinrent faire leurs adieux
D'une trifteffe fans feconde ;
Et les confolant par mes ris ,
Auffi tôt je me mis fur l'Onde
Qui me conduifit à Paris.

   Paris où règne la malice ;
La fraude & l'inhumanité ,
Les délices , la volupté
Et toute forte d'avarice ;
Où le fexe eft impérieux ,
Bien plus qu'en tous les autres lieux ;
Où chaque femme eft la maitreffe ;
Où la pompe eft dans les habits ;
Où tout égale la Nobleffe
Dans le velours & le tabis.

   Femmes pleines d'hypocrifies ,
Vuides de faines paffions ,
Qui feignent des dévotions
Sous un mafque de jaloufie ;
Qui maltraitent des innocens
Qui leur font trop obéiffans ;
Et qui dans un métier fervile ,
Sont obligés de filer doux .
Quoique dans leur natale Ville
Ils valent mieux que leurs Epoux ,
   Ces avortons de la Nature

Disent toujours que leurs Maris,
Par-tout ailleurs comme à Paris,
Ont suivi la même aventure;
Qu'elles feignent de nous haïr,
Pour se faire mieux obéir;
Qu'il faut paroître un peu sévère,
User d'une feinte rigueur,
Ne parler jamais qu'en colère,
Pour avoir un bon Serviteur.

Si, poussé d'un desir d'apprendre,
Un Frater (1) se va présenter;
Monsieur vite ira consulter
Madame, si l'on doit le prendre:
Mon cœur, dit-il, vois ce Garçon,
Il n'a pas mauvaise façon:
Mais la dédaigneuse examine
Le pauvre homme de bas en haut,
Et s'il ne plaît pas par sa mine,
Ce n'est pas celui qu'il lui faut.

La belle-mère de Madame,
Plus maigre qu'un corps desséché,
De sa poitrine ayant craché
Cent fois jusques à rendre l'ame,
Pouvant à peine faire un pas,
Vient toutefois dire tout bas
Ces sots mots d'une voix étique:
Si ce Garçon au tems passé

_____

(1) Garçon Chirurgien.

Fût venu dans votre Boutique ,
On l'en auroit bientôt chaffé.

Hélas ! comme le monde change !
Tous les jours j'en vois des effets,
Nous n'avions que des gens bien faits.
Mais , ô mutation étrange !
A préfent je n'en vois pas un
Qui foit au-deffus du commun.

Après, cette Médufe horrible ;
Ayant refpiré quelque peu,
Traîne fa carcaffe terrible ,
Et fe remet auprès du feu.

Un autre qui fe croit habile,
S'en vient un billet à la main ;
Monfieur , lui dit : venez demain ,
Ma femme eft à préfent en Ville,
En cela je n'ai point de voix ,
Je remets du tout à fon choix ;
Si votre mine la contente ,
Vous pourrez ici demeurer ,
Confolez-vous en votre attente ;
Je ne vous puis rien affurer,

Après cet abord difficile ,
On entre fous condition ,
Que jamais fans permiffion
On n'ira faire un tour en ville ;
Si Monfieur ne veut confentir
A la liberté de fortir ,
Il faut que le Frater demeure

D 3

Tout un jour dans l'oifiveté ,
Sans efpérer une feule heure
De relâche & de liberté.

    Dure & rigoureufe contrainte !
Ceux d'un plus fervile métier ,
Tel que peut être un Savetier ,
Le Lundi peut fortir fans crainte ;
Les Clercs même , des Procureurs ,
De qui vous plaignez les malheurs ,
Refpirent dans la fervitude ,
Les Fêtes principalement ;
Mais notre efclavage eft fi rude ,
Qu'on nous refufe un feul moment.

LE CLERC.

Il eft vrai que dans notre mifère nous
avons au moins cette confolation que nous
fommes pour porter le fac, ou au Châtelet,
ou au Palais, & que les après dînées des
Fêtes & Dimanches font bien fouvent li-
bres pour nous : ce n'eft pas que ce bonheur
arrive à tous ceux de notre profeffion ; car
fi un Clerc eft feul dans une Etude , en vérité je le plains , puifqu'il n'ofe s'abfenter
une pauvre minute , fi ce n'eft quand Monfieur eft dehors , encore lui laiffera-t-il de
la befogne dont il faut qu'il réponde à fon
retour.

LE CHIRURGIEN.

Tant il y a qu'il fort , & au lieu d'une

heure, il en peut mettre deux : mais nous
ne fçaurions , & n'oferions prendre cette
liberté, non pas même le jour de Pâques,
puifqu'aux bons jours les bonnes œuvres, &
qu'à le bien prendre , nous travaillons plus
en ce tems-là qu'en un autre. Mais, cher ami,

Notre mal feroit moins à plaindre ,
Si parmi ces auftérités ,
Leurs cruelles févérités
Ne nous donnoient fujet de craindre :
Un fot & jeune Chirurgien ,
Le plus fouvent iffu de rien ,
Dont on fçait la baffe naiffance ,
Fait le brave & tranche du grand ,
Et voit avec indifférence
Tous les fervices qu'on lui rend.

Tandis qu'il eft à la boutique ,
Quelques froids que foient les hivers ,
Nous fommes toujours découverts ,
Dans l'attente de la pratique.
Très-prompts , exacts & circonfpects ,
De lui faire voir nos refpects ,
Soit qu'il forte , r'entre , ou qu'il paffe ,
Ou foit qu'il prenne fon manteau ;
Ce qui n'eft rien qu'une grimace ,
Pour avoir cent coups de chapeau.

A dix heures une Servante
De nos maux vient nous détourner ,
Nous appellant pour déjeûner ,

D 4

Avec une mine riante :
Mais ce qui nous rend mécontens,
C'eſt qu'aux jeûnes des Quatre-Temps,
Et tous ceux qu'obſervent l'Egliſe,
Ce repas nous eſt interdit :
Car Madame n'eſt point ſurpriſe
Dedans l'almanach qu'elle lit.

    Une armoire nous eſt ouverte,
Où l'on enferme le pain bis
Plus noir toutefois qu'il n'eſt gris,
Ménage qui fait notre perte ;
Pour déjeûner, c'eſt ce qu'on nous met,
Et non plus que chez Mahomet,
Bacchus ne tient point de partie :
Si bien qu'en mangeant notre pain,
Nous nous croyons être en Turquie,
Où l'on ne boit point de vin.

LE CLERC.

O parbleu, vive les Procureurs ! encore lampe-t-on chez eux quelquefois le demi-ſeptier gaillard, que nous appellons galopin par raillerie ; & quoique la ſervante le bap-tiſe aſſez ſouvent, pour contenter l'eſprit de ſa Maitreſſe, néanmoins nous aimons en-core mieux avoir du vin trempé, que de l'eau toute claire.

LE CHIRURGIEN.

Et moi j'aimerois mieux être condamné

à ne boire que de l'eau, puisqu'on ne vous donne ordinairement que de la rinçure du baquet, ou que le reste de la baissière, qui doit plutôt passer pour du vinaigre, que pour du vin ; & quand cela ne seroit pas, le meilleur pour vous n'est toujours que du ginguet, ou du vin de Bretigny qui fait danser les chèvres.

LE CLERC.

C'est une vérité dont je demeure d'accord à notre confusion : mais quoi ! il en faut passer par-là ou par la fenêtre, pendant que nous y sommes, nous n'avons point d'autre grace à espérer ; & ce qui me console, c'est que quand nous sommes Procureurs nous-mêmes, nous traitons les autres comme on nous a traités, & nous bouchons les oreilles aux plaintes que l'on en pourroit faire.

LE CHIRURGIEN.

Si jamais je puis obtenir des Lettres de Maîtrise dans notre profession, je pratique-rai votre précepte, & me vengerai bien sur les autres de tout ce que je souffre main-tenant.

> Car, sçavez - vous qu'on nous sépare
> Le pain qui commence à moisir :
> Vraiment il faut vous le choisir,
> Dit Madame, d'humeur avare ;

D 5

Quoi, ne pouvez-vous le manger ?
Faut-il pour vous un Boulanger ?
Ah ! Dieu, les pauvres vers de terre,
Qui faites tant les délicats,
Si vous étiez donc à la guerre,
Vous en feriez bien plus de cas.

Il faut souscrire sans replique
A cet infâme sentiment,
Et suivre le commandement
D'une contrainte tyrannique.
Après ce petit déjeûner,
Nous n'aspirons plus qu'au diner,
Que toujours long-temps on diffère
Jusques à trois heures du soir,
Sans qu'aucune importante affaire
Les ait contraint à le surseoir.

Pressés d'une appetit extrème,
Plus pâles & plus desséchés
Que les vieux Hermites cachés,
Qui font en tout temps le Carême ;
N'ayant presque plus rien d'humain
Qu'un simulacre de la faim.
On nous dresse à part une table,
Couverte de mets capricieux,
Semblables aux mets de la Fable
Qui trompent la bouche & les yeux.

Pour deux on met dans la chopine
La moitié d'un demi-septier
Que la Servante mêle entier

Avec l'eau de la cuisine ;
Madame sçait l'invention
De joindre avec discrétion
Le clair élément insipide ;
Mais quoiqu'il trompe en la couleur,
On sent bien quand la tasse est vuïde,
Que ce breuvage est sans saveur.

   L'on compose notre potage
Dans une écuelle à fonds étroit,
Qu'on présente toujours froid,
Afin qu'il enfle davantage,
Où sur-tout l'on n'épargne pas
Le reste du dernier repas ;
Chacun prend sa croûte flotante
Sur du bouillon venant du sceau,
Qui de sa nature excellente
Est toujours clair comme de l'eau.

   Après la soupe, notre viande,
Reste des enfans & du chat,
Remplit à peine un demi-plat
Pour notre ordinaire prébende ;
L'aîle d'un poulet étouffé,
Un morceau de bœuf réchauffé ;
Plein de vers & de moisisure,
Qui produit de puantes odeurs,
Est la meilleure nourriture
Des misérables serviteurs.

   Quand le bœuf salé qui s'évente,
Blanchi par son antiquité,

      D 6

En tranche nous eſt préſenté
Sur la table par la ſervante,
Sans ſaveur, ſans graiſſe & tout ſe
Comme le vieil arc d'un rebec,
Nous le mettons ſur notre aſſiette;
Ayant toujours égard à tout,
Nous le changeons en vinaigrette,
Afin d'en relever le goût.

Quelquefois au jour de Dimanche,
Outre l'ordinaire commun,
Madame nous donne à chacun
La moitié de l'os d'une éclanche :
Mais de la chair point, ou bien peu,
Si ce n'eſt que l'ardeur du feu
En ait brûlé une partie;
Alors c'eſt pour nous ces morceaux.
Beaucoup plus amers que la ſuie,
Où nos dents ſervent de couteaux,

Il faut finir en diligence
Le plaiſir de ce doux repas;
Car Monſieur ne manqueroit pas
De nous prêcher ſur l'abſtinence;
Même bien ſouvent il nous lit
Le livre où Hypocrate dit,
Pour précepte de Médecine,
Qu'en notre puberté
Il faut peu chérir la cuiſine,
Pour nous conſerver la ſanté.

Les jours maigres de la ſemaine

On nous fert des harangs forets,
Ou bien des pois ou des navets,
Cuits en eau de puits ou fontaine,
Qu'il faut manger difcrettement.
De la foupe fort rarement ;
Pendant le cour du Carême,
Madame par dévotion,
Nous fait languir de faim extrêm·
Mais dans une autre intention.

Un peu de citrouille chérie,
Ou quelques fœtides poiffons,
Sont apprêtés pour les Garçons,
Ou de la merluche pourrie ;
D'échalottes fur le réchaut,
Aricots, féves, artichaut,
Le plus fouvent à la poivrade ;
Deffus une affiette de bois
On nous donne de la falade,
Et des cardes avec des pois.

Si pour avoir affaire en ville
Un de nous demande à fortir,
Madame qui le voit partir
Appelle incontinent fa fille,
Difant qu'on mette le couvert :
Bien fouvent ils font au deffeit,
Quand le Frater eft à la porte,
Qui pour tard être retourné,
N'ayant rien mangé de la forte,

Trouve pourtant qu'il a dîné.

Mais tout le tems que l'hiver dure
Il faut inventer quelque jeu,
Qui fupplée au défaut du feu,
Contre l'horreur de la froidure:
Et quand le jour eft écoulé,
De froid notre corps eft gelé.
Plus immobile qu'un tronc d'arbre;
Sans pouvoir en rien nous cacher:
Froids & gelés comme du marbre,
Il faut fans feu s'aller coucher.

Si nous fommes encore en glace,
Quand à minuit on vient heurter,
Sans rien dire & fe confulter,
Du lit on fe jette en la place,
Demander qui va là trois fois,
Afin de connoître la voix
De celui qui frappe à la porte,
De peur de quelque trahifon,
Ou qu'on ne vienne de la forte
Nous furprendre en notre maifon.

S'il eft befoin d'aller en Ville
Pour un Malade fécourir,
A peine avons-nous le loifir
De prendre pourpoint ni mandille;
Nous laiffons même le manteau,
De peur qu'il n'aille à la bonne eau;
C'eft-à-dire qu'il ne revienne;

Quand il faut retourner chez nous,
Au diable l'un qui nous ramène
Pour nous défendre des filous.

LE CLERC.

Je vous plains ; car par ma foi, à ce que je puis connoître, vous avez plus de peine que nous : fi nous nous couchons tard, au moins dormons-nous quelques heures fans interruption ; & à moins que la Maîtreffe ne foit en couche, & qu'il foit befoin de courir la nuit à la Sage-Femme, on n'oblige guères un Clerc de fe relever : toujours quand cela arrive, fi nous fommes quatre, cinq, ou plus dans la maifon, nous ne manquons pas de nous joindre enfemble pour éviter la rencontre des voleurs, & nous défendre contre eux en cas qu'ils miffent la main à la ferpe.

LE CHIRURGIEN.

Si vous lui rendez ce fervice, c'eft que vous efpérez d'avoir part au Baptême, d'y gagner quelque franche lipée, la poignée de dragées & la part de tarte vous fautent au colet, & Dieu fçait comment vous en faites part enfuite à vos amis, ou à leurs enfans : adreffe utile pour gagner leurs bonnes graces.

LE CLERC.

Vous êtes fou, ou le Roi n'eft pas noble.

Où diable avez-vous jamais vu que les garçons entrent dans les chambres des accouchées? Une Garde ne se saisit elle pas de leur chapeau, ou ne leur fait-elle pas baiser la cremaillier? Et quand cela ne seroit pas, comme Serviteurs, ne sommes - nous pas obligés d'obéir à nos Maîtres, aussi - tôt qu'ils nous commandent?

LE CHIRURGIEN.

La pelle se mocque du fourgon, cher ami; nous nous acquittons de cet office aussi bien que vous; & si nous avions témoigné le moindre refus, quand le Maître nous commande, on nous donneroit bientôt notre sac & nos quilles.

Quelquefois, qu'il pleuve ou qu'il vente,
Lorsque nous allons nous coucher,
Un Laquais nous viendra chercher
Pour voir au lit quelque Servante
Qui se plaint d'un mal de côté;
Après qu'il a long-tems heurté,
Il faut que notre corps essuie
Les injures de la saison,
La neige, la grêle & la pluie,
En le suivant à sa maison.

Étant revenus sans chandelle,
Nous n'aspirons rien qu'au repos,
Cherchant notre lit les yeux clos
Au bout des dégrés d'une échelle;

Si-tôt que nous fommes dedans ,
Le froid nous fait claquer des dents ,
Plus tranfis que les pâles Ombres ,
Quand , pour augurer les malheurs ,
Du creux de leurs fépulchres fombres
Elles fortent toutes en pleurs.

Pendant qu'une bonne nature
Maintient nos corps en leur fanté ,
Et qu'aucune incommodité
N'en détruit la température ,
L'on nous fouffre dans la maifon ;
Mais pendant la rude faifon ,
Lorfque la moindre maladie
Nous rend le vifage blêmi ,
Notre Maître nous congédie
Pour aller chercher quelqu'ami.

Si nous manquons de connoiffance ,
On nous envoie à l'Hôtel Dieu ,
Qui , par la puanteur du lieu ,
Augmente encor notre fouffrance.
Là , fouvent pour un mal léger
Que l'on pourroit bien foulager ,
On eft languiffant de trifteffe ,
Et ne trouvant à qui parler ,
Au fort que la douleur nous preffe ,
Nous mourons fans nous confoler.

Quand on relève la mouftache
A quelque grave Crocheteur ,
Monfieur tance le ferviteur ,

S'il voit qu'un seul poil se détache,
Si le rustre a senti le fer
Pour quelques cheveux échauffer,
Et que d'abord il se retire;
Le Frater a beau s'excuser,
Le Maître ne cesse de dire
Qu'il a raison de l'accuser.

S'il est dans son humeur bizarre,
Il lui donnera son congé;
Le pauvre Frater affligé
Son sac incontinent prépare.

Mais, hélas! ne dirai-je mot,
Quand il faut ouvrir l'esquipot (1),
Par colère ou par fantaisie
Il dit qu'on a pris son argent,
Et lors retient par jalousie
Le salaire au pauvre indigent.

Voilà, cher ami, les Misères
Qu'à Paris souffrent les Fraters;
Leurs maux dépeins dedans mes Vers,
Montrent que nous sommes tous frères.
Ce nom aux Meuniers est commun;
Car Frère ou Frater est tout un
Parmi ces gens qui font l'oracle;
Et si nous sommes leurs égaux,
Il ne faut pas crier miracle,
Car nous souffrons autant de maux.

---

(1) Boîte où l'on serre l'argent.

Auſſi ſuis-je ſi las de vivre ainſi, & d'être
dans ces ſortes de conditions, que dès aujourd'hui je pourrai bien quitter Maîtres &
Maitreſſes, s'ils me diſent quelque choſe qui
me choque : & afin d'avoir quelque prétexte
honnête, je ſuis d'avis que nous allions
boire pinte enſemble : au moins êtes-vous
aſſuré qu'à mon retour j'aurai ma ſauce, &
ce ſera l'occaſion favorable pour demander mon compte ; c'eſt mon projet depuis
quatre ou cinq mois. Graces à Dieu, j'ai
de quoi vivre en mon pays ; & d'ailleurs
mon Père & ma Mère ſont ſi âgés, qu'ils
feront ravis de me voir auprès d'eux, pour
les ſecourir dans leur vieilleſſe.

LE CLERC.

Ajoutez à cela une jolie Maitreſſe que
vos parens vous deſtinent depuis peu ;
c'eſt un attrait bien puiſſant pour des
jeunes gens de notre âge. Je ſuis bien aiſe
que cette envie vous prenne ; car il vaut
mieux être Maître que Serviteur ; allons
donc goûter ſi le vin eſt bon ſur cette pen-
ſée ; vous m'avez lâché la bride ſi agréa-
blement, que je ne m'en ſçaurois défendre ;
n'éroit pourtant que vous avez deſſein de
ſortir, je n'aurois garde de vous arrêter,
puiſque je ne voudrois pas être cauſe de
votre diſgrace. Les amis doivent toujours
procurer le bien de leurs amis, & ce ſeroit

ne les pas aimer que de vouloir empêcher leur avantage. Cependant vous m'avez infiniment obligé de me faire le récit des maux que vous avez soufferts, & que tous ceux de votre profession souffrent. Cette peinture est aussi intéressante qu'agréable. J'ai pris tant de plaisir à vous entendre, que je voudrois être condamné toute ma vie, à n'en avoir jamais d'autres.

LE CHIRURGIEN.

Si après le mal que j'ai enduré depuis quatre ans, je puis goûter un peu de repos, à votre exemple je donnerai au public cette petite peinture de nos infortunes. Nos Camarades seront bien aises de l'acheter, & d'y lire leur vie & la mienne ; & s'il me tombe quelque chose dans la mémoire dont je n'ai point parler ici, je l'ajouterai avec joie, & prendrai plaisir de laisser ce tableau assez naïf, ce me semble, aux Confrères de notre Ordre, qui viendront après nous.

LE PATIRA,

O U

COMPLAINTE

D'UN CLERC DE PROCUREUR

SUR SON MISÉRABLE APPRENTISSAGE.

POEME LYRIQUE.

Quis talia fando,
Temperet a lacrimis ? Virg. Ænæid.

LE PATIRA,

O U

LE MISÉRABLE APPRENTISSAGE.

AIR: *J'avois à peine dix-sept ans.*

Toi qui, juché sur le ressort
  De la machine ronde,
Tiens dans ta main l'urne du Sort
  Des êtres de ce monde,
Destin, lorgne par tes créneaux,
  Vois si, dans la Nature,
Pandore apporta plus de maux
  Que tout ce que j'endure.

Quel est mon sort ? Qui le croira ?
  Qui pourra le décrire ?
Je suis nommé le PATIRA,
  N'est-ce pas assez dire ?
Sçachez qu'arrivé de Honfleur,
  Dans le panier du Coche,
Je fus mis chez un Procureur,
  Au sein de la Bazoche.

Me voici donc sous le drapeau
　　De la petite guerre,
Et serf d'un Maître Chicaneau,
　　Que l'on nomme LA SERRE;
Un franc Arabe, un vieux bouquin,
　　Dont la digne femelle,
Jadis de l'armet de Vulcain
　　Lui coëffa la cervelle.

Aussi reclus qu'un repenti,
　　Et plus maigre qu'un grime;
Je suis de ce couple assorti
　　Tour-à-tour la victime.
Par l'un je me vois resserré,
　　Dans son Étude noire;
J'ai de l'autre, *stricto jure*,
　　Le manger & le boire.

A la Brehaigne adroitement
　　Qui régit la cuisine,
J'aurois pu, par abonnement,
　　Lui chatouiller l'échine?
Sans doute; mais elle, comment
　　Mériter cette aubaine,
N'ayant dans son département
　　Que l'eau de sa fontaine?

Or nous sommes, pour nos péchés,
　　Six dans cette galère,

　　　　　　　　　　　　　Qu'un

Qu'un même fort tient attachés
   Au collier de misère :
Mèmes chaînes, même dépit,
   A tous pareille chance,
Même travail, même appétit,
   Et commune abſtinence.

A u s s i de tout culte pieux
   Avec pleine franchiſe,
Le jeûne eſt ce qu'on ſuit le mieux
   Des Canons de l'Égliſe ;
Et le Dimanche ſeulement,
   Sans que l'ouvrage ceſſe,
Nous allons, par délaſſement,
   Prendre extrait de la Meſſe.

S i - t o t qu'on a dîné pourtant,
   Relâche à la Pratique.
Hélas! en ſuis-je plus content ?
   Non ; ſuivant la rubrique,
Notre vieux ſinge & ſa guenon,
   Qui vont à la Villette (*),
Comme culot de la maiſon,
   M'y laiſſent en vedette.

L'o n ſort, l'on part, l'on eſt parti.
   Gardien du domicile,

_____

(*) Guinguette de Paris.

E

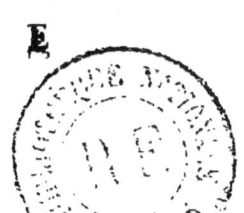

Force eſt de prendre mon parti ,
Non ſans faire de bile ;
J'éprouve toute la longueur
De ſemblable ſéance ,
Plus ennuyé qu'un Aſſeſſeur
Qui ronſle à l'Audience.

JE ſuis au reſte à toute main ;
Aujourd'hui de ſervice
Chez le mari ; pour moi demain
A la femme autre office :
Nous avons l'honneur par quartier ,
Non l'honneur d'un Vidame ,
Mais bien celui de nétoyer
Le boudoir de Madame.

LE jour venu de balayer ,
Trois fois dans la huitaine ,
Après l'Étude , l'eſcalier ,
Chacun a ſa femaine.
De droit en ſus eſt dans mon lot ,
L'emploi le plus ſervile ;
C'eſt moi qui porte le falot ,
Dès que l'on ſoupe en Ville (*).

Quand Phœbus , las de ſe baigner ,
Vient poindre ſur ſa croupe ,

_____

(*) C'etoit jadis l'emploi des Clercs de Procureur.

De la lucarne d'un grenier,
 Où nous couchons en groupe;
Dès lors le Reitre à l'atelier,
 Et la puce à l'oreille,
Nous crie à tous de son palier:
 Hé, debout, qu'on s'éveille.

Je me réveille tout penaut,
 Et son cris de chouette,
Déja m'a mis d'un soubresaut;
 Au pied de ma couchette.
Plus matineux qu'un usurier,
 Pour la journée entière,
J'endosse de l'écriturier
 Le sale scapulaire.

Il faut me voir! dans le moment
 Fagoté comme un cancre,
Sous ce maussade accoutrement;
 Tout noir de tache d'encre;
Toque aussi grosse à l'avenant,
 Que capuce de Moine,
J'ai l'air d'un Carême-prenant
 Du Fauxbourg Saint-Antoine.

Sans dire un *Pater*, un *Ave*,
 Pas un mot de prière,
Nous voilà tous sur le pavé

     E 2

De l'Étude ouvrière,
Où par avance, le lutin,
De chacun à sa place ;
A mis, pour l'œuvre du matin,
Toute la paperasse.

HOLA , dit-il , à vos quartiers ;
Et puisant dans les sources,
De l'art , montrons en nos dossiers
Quelles sont nos ressources ;
Mais que de chez nous le Client,
Enfilant la venelle,
Ne remporte de son argent
Que la vuide escarcelle.

IL dit ; à l'instant , avec fruit,
Chaque Clerc fait son rôle,
Et la procédure s'instruit,
D'après le protocole.
C'est là qu'on grossit le cahier
De fadaises en foule,
Et que . sans la faire crier,
L'on sçait plumer la poule.

MOI qui suis pour l'instruction ;
Que je broche à la hâte,
J'écris toute expédition,
Comme chat de sa patte ;

Et chofe étrange, au *réfidu* (*),
   Ce que je viens d'écrire,
A moi-même il m'eft défendu
   De pouvoir y rien lire.

MES Camarades, plus au fait
   Du chic en grofle forme,
Vous dépêchent la mife au net
   D'une bâtarde énorme.
Dont, par avis écrit exprès
   Au dos de la formule,
Chaque ligne n'eft à-peu-près
   Qu'un mot, une virgule.

CE font des avertiffemens,
   Des griefs, des Requêtes,
Contredits fur appointemens
   Au Greffe des Enquêtes;
Bref, celui-ci n'eft préjugé,
   C'eft un gros inventaire,
Dans un procès d'hier jugé,
   En matière fommaire.

CEPENDANT l'horloge a fonné
   A la Samaritaine
Deux heures, qu'on n'a point dîné;
   Ceci me met en peine:

(*) Doffier où font toutes les pièces d'un procès.

E 3

Sorti le matin pour les plaids,
 L'on attend que notre homme,
De tous les actes de Palais,
 Nous rapporte la somme.

DÉBUSQUE le double Rollet
 Sous perruque d'étoupe,
Robe écourtée & plat collet ;
 Il fait servir la soupe.
De ce bouillon en Sacrement,
 Eau pure de la feine,
Pourroit s'appliquer l'ondoîment
 Sur un Cathécumêne.

MAIS l'on a deffervi ; nos gens
 Déja de relevée,
S'efcriment fur les erremens
 Pris de la matinée.
Jufqu'à la Lune échaffaudés ,
 Comme larrons en courfe,
Aux Plaideurs bien & mal fondés ;
 Ou la vie ou la bourfe.

VEUT-ON preffurer comme il faut
 Le pupille ou la mère ?
C'eft de fouffler exploit, défaut ;
 Sommation dernière ;
De près fuit l'exécution,
 La contrainte réelle,

Et l'Huiſſier, par proviſion,
  Emballe la vaiſſelle.

L A veuve en pleurs court, ſe défend;
  Et donne ſa Requête ;
Mais la Chicane qui l'attend,
  Achève ſa défaite.
La procédure va ſon train,
  Et toujours ruſe neuve,
Juſtice a ſa part dans le gain,
  L'on éconduit la veuve.

P O U R nous, hélas ! triſtes ſuppots
  D'un Art que Dieu maudiſſe,
L'on ſçait que nous ſommes les ſots
  De tout le maléfice.
A nous les épines ; plus fins,
  D'autres cueillent la roſe ;
Voler, & nul droit aux larcins,
  La ridicule choſe !

D É J A la nuit ſur ſon traîneau
  A bruni l'hémiſphère,
Déja mon perfide eſcabeau
  M'a gauffré le derrière,
Et mon eſtomac aux abois,
  Noyé dans le fluide,
Pour me tirannifer, je crois,
  Veut digérer à vuide.

QUE fait notre Praticien ?
  Il s'en vient à la ronde ,
Nous servir autre met du sien.
  Belzébut te confonde !
De sa griffe sois-tu châtré ,
  Mis au bout d'une corde ,
N'entends-tu pas mon ventre outré ,
  Crier miséricorde ?

MON homme est sourd : sur nouveaux frais ,
  C'est d'écrire ou de feindre ;
Mais le Juif m'envoye au Palais ,
  Pour m'achever de peindre.
Je rentre, fait comme un barbet ,
  Crotté jusqu'à l'échine ;
Mais il rit , le cancre qu'il est ,
  De ma piteuse mine.

O rage ! ô fureur du guignon !
  Il faut que de plus belle ,
Je me remette en rang d'oignon ,
  Et pique l'escabelle.
Toujours souffrant , sous le collier
  De ma faim assassine ,
Je n'ai qu'un œil à l'atelier ,
  L'autre est à la cuisine.

DU coin de l'âtre ténébreux ,
  Vient jusqu'à mon orbite,

Le trifte feu tombant du creux
  D'une vieille marmite ;
C'eft là-deffus qu'eft étayé
  Le fonds de la boutique,
Où le tourne-broche enrayé,
  Souvent eft fans pratique.

MAIS j'entrevois fur le fourneau
  La fombre Mathurine,
Qui braffe de la cruche à l'eau
  Le jus de la térine ;
Et fon nez crochu par le bout,
  Ainfi que les Harpies,
Nous détache dans le ragoût
  Sa paire de roupies.

AH ! *vivat!* nous voilà fervis.
  Que vois-je fur la table ?
Des graillons ou falmigondis,
  Repaffés à la diable;
Et la falade, à tout compter,
  Dont l'huile d'ordinaire
N'eft que dofe pour affuter
  Un rafoir fur la pierre.

JE débride ma portion ;
  Puis, fans reprendre haleine,
Je fable aqueufe potion,

Teinte au vin de Surêne ;
Puis le deffert ; & fur le champ,
Sans tambour ni trompette,
Nous de filer, lever le camp,
Et plier la bavette.

APRÈS fi laconique plat,
Chacun du réfectoire,
Donnant au Diable fon état,
Rentre au laboratoire.
Pétrifié fur le métier,
Jufques à perdre tête,
J'attends que les coqs du quartier
Me chantent la retraite.

JE gagne alors le galetas,
Où grimpant fans chandelle,
Je trouve un très-vieux matelas,
Auffi plat que rondelle.
J'y campe mon individu ;
Mais, nouvelle difgrace !
Sans couverture & morfondu,
Je fuis plus froid que glace.

ACCABLÉ du poids de mes maux,
Néanmoins je fommeille ;
A peine ai-je un peu de repos,
Que la pefte m'éveille.

Quelle odeur près de mon grabat !
    La fétide lunette (*)
Me fait entrer de fa vapeur
    Jufques à la luette.

J E crois , de plus , que tous les chats
    Ont faifi la goutière ,
Pour m'empêcher , par leurs ébats ,
    De fermer la paupière.
A même fin , dans nos platras ,
    A fes heures précifes ,
La bruyante engeance des rats
    Vient tenir fes affifes.

B I E N - T O T un infecte maudit ,
    Puant & fanguinaire ,
Des quatre coins de mon chalit ,
    Va me faire la guerre ;
Au premier choc de l'action ,
    Je fuis fur la ripofte ;
Et m'évadant tel qu'un latron ,
    Je déguerpis le pofte.

Q U E faire ? Où m'aller retrancher ?
    Pour affurer ma fuite ,
Tout nud je me colle au plancher ,
    Du plus loin de mon gîte.

(*) Lieux d'aifance.

Le corps porté fur le géfier ,
  Vers le manoir des gnômes,
Je fens fouffler à mon feffier
  Des millions d'atômes.

LORS mon courage eft mis à bout ;
  Je doute qu'on y tiénne ;
Moitié courbé , moitié debout ,
  J'attends que le jour vienne.
Tel qu'eft aux bords de l'Achéron
  L'ombre qui fe confume ,
D'épier la barque à Caron,
  J'enrage & je m'enrhume.

VOICI donc l'état fans égal ,
  Où le fort nous raffemble
Pour apprendre un Art infernal.
  Or mettant tout enfemble
La faim , le froid & le fommeil,
  Le plus dur efclavage :
Vit-on jamais fous le foleil
  Semblable apprentiffage ?

D'UN Clerc enfin , par ce croquis ;
  Si j'ai peint la misère ,
A bon droit n'ai-je pas acquis
  Le nom qu'on me défère ?
Ceci pourtant n'eft de nos maux
  Que la plus foible efquiffe ;

Mais c'eſt trop fort pour mes pinceaux,
    Il faut que je finiſſe.

Toi que j'appelle à mon ſecours
    Dans la détreſſe & l'ire,
Pour trancher le fil de mes jours,
    Et finir mon martyre,
Parque, j'abhorre en cet inſtant.
    L'aſtre de ma naiſſance,
Et je préfère le néant
    A ma triſte exiſtence.

ÉPITAPHE

D'UN MALTOTIER,

Dans les chiffres Arabes.

Ci gît un ennemi com 1

En son métier trop hasar 2

Chargé du tarif aux oc 3

Il y rapinoit comme 4

Et s'engraissoit de ses lar 5

Mais en vertu d'Arrêt pré 6

CHARLOT (*) l'accolant d'un la . . 7

Amadoué par un des 8

L'alla brancher au Marché 9

Passant, risque un *De profun* . . . 10

(*) Maître des Hautes-Œuvres de Paris.

LA MISÈRE

DES

APPRENTIFS

IMPRIMEURS,

*Appliquée par le détail à chaque Fonction
de ce noble Art.*

POEME COMIQUE,

LA MISÈRE

DES

APPRENTIFS

IMPRIMEURS,

Appliquée par le détail à chaque Fonction
de ce noble Art.

CHER & fidèle ami, dont l'ame bienfaisante
Fut à tous mes malheurs toujours compatissante,
Exact observateur des loix de l'amitié,
Si quelquefois ton cœur fut touché de pitié,
Si jamais d'un ami tu plaignis l'infortune,
Plains de mon triste sort la rigueur importune.
Privé du doux plaisir d'un tranquile repos,
Mon esprit & mon corps sont accablés de maux ;
L'ame pleine d'ennui, de soins, d'inquiétude,
Les reins atténués, rompus de lassitude,

Du matin jufqu'au foir je cherche vainement
Les momens précieux du moindre allégement.
Toi qui fçais, pour l'avoir éprouvé par toi-même ;
Que d'un pauvre Apprentif la mifère eft extrême,
Ne crois pas qu'écrivant ceci par paffion
Je te veuille du vrai faire une fiction;
Ne crois pas qu'excité par un fougueux caprice,
Ou pouffé d'un efprit de fiel & de malice,
Je vienne exagérer ici fur ce papier
La peine qu'on endure en ce maudit métier.
Moulé fur ton exemple, inftruit par tes maximes,
Selon moi l'impofture eft le plus grand des crimes ;
Ainfi fans m'éloigner d'un ou d'autre côté,
Je veux marcher d'accord avec la vérité.
Lorfqu'aux vives ardeurs de ma prompte jeuneffe
L'âge eut fait fuccéder un iente fageffe,
Elle me fuggéra de penfer mûrement
A m'ouvrir le chemin d'un Établiffement ;
Sur le choix d'un état, mon efprit en balance,
De mes meilleurs amis confulta la prudence;
Alors (par je ne fçais quelle bizarre humeur,)
L'un d'eux me confeilla de me faire IMPRIMEUR.
Il me vanta fi bien cet Art noble & fublime,
Et m'en fit concevoir une fi haute eftime,
Que j'afpirai d'abord avec ambition
Au moment d'embraffer cette Profeffion.
Pour le prix, pour le tems, ayant fini d'affaire,
Je cours chez le Recteur, qui de Régent févère
Devint traitable & doux en voyant le ducat

Que je lui mis en main pour son Certificat.

Puis je fus avec zèle (au moins en apparence ,)

Au Syndic , aux Adjoints , faire la révérence ,

De crainte qu'obmettant cette formalité

Un délai ne punît mon incivilité.

Je parus à la Chambre , où par Acte autentique

Je fus fait Agrégé du CORPS TIPOGRAPHIQUE ;

Je jurai d'observer les Loix & les Statuts ,

De former mon esprit à toutes les vertus ;

Et dans tout l'on garda les formes juridiques ,

Mon Brevet fut écrit en termes énergiques.

Le jour déja baissant , je quitte le Bureau ,

D'où piqué des accès d'un caprice nouveau ,

Ou plutôt transporté de rage & de furie ,

Je cours avec vîtesse à notre IMPRIMERIE.

Là , pour premier objet je trouve dans les Cours

Cinq ou six Malotrus ressemblans à des Ours ;

L'un des sabots ès pieds roule à perte d'haleine

Une vilaine peau que par-tout il promène.

L'autre apprête de l'encre , & présente un minois ,

Qui fait honte en noirceur au moins blanc des trois
          Rois.

Tirant de tout ceci mauvaise conjecture ,

De mon choix imprudent je gronde & je murmure ;

Quand le Prote d'un air dur & rébarbatif ,

Est-ce vous qui venez ici pour APPRENTIF ?

Oui , Monsieur. A ces mots la main il me présente ,

Et me fait compliment sur ma force apparente.

Quel compère , dit-il ! vous suffirez à tout ,

Et des plus lourds fardeaux seul vous viendrez à bout ;
Portez donc ce papier, & le rangez par piles.
Moi qui sent mon cœur foible & mes membres dé-
biles ,
Je ne veux pas d'abord chercher à m'excuser,
De peur que de paresse on ne m'aille acculer ;
Je m'efforce , & ployant sous ma charge pesante,
Chaque pas que je fais m'assomme & m'aggravante ;
Je monte cent degrés , chargé de grand raisin (*) ;
J'er porte une partie au plus haut magasin ,
Et pour le faire entrer dans une étroite place ,
Avec de grands efforts je le presse & l'entasse.
N'ayant encore fait ma tâche qu'à demi ,
J'entends crier en bas : Holà donc ! eh , l'ami !
Je descends pour sçavoir si c'est moi qu'on appelle ;
Oui, dit le Prote, il faut allumer la chandelle.
Où l'irai-je allumer ? Attendez , me dit-il ,
Je m'en vais vous montrer à battre le fusil.
En deux coups je fais feu. Bon , vous êtes un brave,
Bon cœur ! vous irez loin. Descendez à la cave ;
Quand vous aurez rempli de charbon ce panier ,
Vous viendrez allumer du feu sous le cuvier.
Tout fatigué déja d'un si rude martyre ,
Je commence à me plaindre, à jurer & maudire.
Tantôt de mon malheur je n'accuse que moi ,
Et tantôt je m'en prends à la mauvaise foi ,
A l'avis séducteur d'un ami peu sincère ,

(*) Sorte de papier fort grand.

Qui me fit endoffer ce collier de misère.
Je prends pourtant courage , & me faifant raifon
Je monte vite en haut allumer du charbon.
Pour y mieux réuffir , par terre je me couche ;
Je me fers du foufflet , je fouffle avec ma bouche.
D'étincelles de feu les yeux tout éborgnés ,
J'avale de la cendre , & j'en prends par le nez.
A la fin le charbon fe convertit en braife ,
Et pétille avec bruit dans l'ardente fournaife ;
Alors, comme bientôt huit heures vont frapper ,
Vous pouvez, me dit-on, vous en aller fouper.
A peine ai-je entendu cette douce parole ,
Que précipitamment je m'élance & je vole.
Je gagne le logis, où , pour comble d'ennui,
J'apprends que pour fouper faut attendre à minuit.
Pour modérer l'excès de mon humeur chagrine ,
Je prends pour lit de camp un coin de la cuifine ,
Où , malgré l'infolence & le bruit des Laquais ,
Je dors comme au milieu d'une profonde paix.
Juftement pour fouper me réveillant à l'heure ,
A table avec les gens peu de tems je demeure ,
Et déja dégoûté de leurs fades propos ,
Je cours avec viteffe au lieu de mon repos.
Dans le coin d'une cour à tous vents expofée
Paroît un antre obfcur jufte à rez-de-chauffée ;
Là règne une maligne & froide humidité ,
Capable d'altérer la plus forte fanté.
Il eft vrai qu'on n'y craint ni puces ni punaifes ;
Mais par-tout, fur le lit, au plafond, fur les chaifes,

On voit par efcadrons les efcargots courir,
Et d'un germe gluant les murailles couvrir.
C'eft dans ce lieu charmant, dans ce féjour aimable,
Que deux ais, vieux débris d'une méchante table,
Servent à foutenir un malheureux grabat,
Pour le moins auffi dur que celui d'un Forçat.
Malgré fa dureté, je dors comme un Chanoine,
On m'entendoit ronfler du Fauxbourg S.-Antoine;
Mais, hélas! je commence à peine à fommeiller,
Je n'ai pas fermé l'œil qu'il me faut réveiller;
Car j'entends tirailler un indigne fonnette,
Qui de fon bruit perçant ébranlant ma couchette,
Me dit d'aller ouvrir la porte aux COMPAGNONS.
Je faute donc du lit, & marchant à tâtons,
Étant tranfi de froid je tempête & je jure
De ne pouvoir trouver le trou de la ferrure.
C'eft encor pis vingt fois, quand au fort de l'hyver
Je trouve le chemin de neige tout couvert;
Car voulant promptement faire entrer ces Maroufles,
Je traverfe les cours fans fouliers ni pantoufles.
Je me trace moi-même avec peine un chemin;
Et me guidant bien moins des yeux que de la main,
La voix d'un furieux qui contre moi s'emporte,
Me met dans un fentier qui conduit à la porte.
J'ouvre donc, & par grace un d'entr'eux m'avertit
Que je peux, fi je veux, m'aller remettre au lit.
Hélas! je n'y fuis pas que deux de ces Belîtres,
Faifant les timbaliers fur un paneau de vîtres,
M'annoncent par leurs cris qu'il faut faire du feu.

Comme tout Valet neuf doit fe contraindre un peu ,
Je m'habille à la hâte , & d'un efprit docile ,
Je feins de trouver tout agréable & facile.
Dès qu'on m'a dit : Dufrefne, allez cherchez du bois ,
Oui-dà , Meffieurs ; plutôt quatre charges que trois.
Auffi-tôt fait que dit , j'y cours avec grand zèle ;
Le bois fendu , j'apprête & nétoye le poële.
J'y mets force papier pour le mieux échauffer ;
Mais le feu par malheur venant à s'étouffer ,
Une noire vapeur remplit l'IMPRIMERIE.
Tout le monde déferte, on me maudit, l'on crie,
Pendant que n'ayant pas l'efprit de m'efquiver ,
Je me mets au hafard de me faire crêver.
Un des moins violens de la troupe animée
Par fon adreffe fait diffiper la fumée ,
Et (de peur qu'il n'arrive un accident nouveau ,)
Laiffez le feu , dit-il , allez tirer de l'eau.
Le baquet put dit l'autre, on diroit une pefte,
Nétoyez le dedans , & vuidez l'eau qui refte ;
Ne manquez pas fur-tout de le mettre tout plein ;
Car nous avons beaucoup à tremper pour demain.
C'eft-là qu'il faut fubir une nouvelle peine ;
Le puits eft fi profond qu'il me met hors d'haleine ,
Et pour mon coup d'effai je me trouve fi las ,
Que le feau près du bord m'emporte & tombe en bas.
Pour achéver pourtant un fi pénible ouvrage ,
De nouveau je m'excite à reprendre courage,
Le baquet plein , j'entends d'une voix de Lutin
Cinq ou fix altérés crier : Dufrefne , au vin.

L'un dit : je bus Dimanche au bas de la Montagne
D'un vin qui, fur ma foi, vaut du vin de Champagne.
Si fur un tel rapport un autre en veut goûter,
Fût ce encore plus loin, il faut m'y tranfporter.
Celui-ci veut du blanc, celui-là du Bourgogne ;
Si je tarde un peu trop, il me cherchent la rogne (*),
Sans fonger que fouvent pour leurs demi-feptiers
Il faut aller quèter chez dix Cabaretiers.
A l'un faut du Gruyere, à l'autre du Hollande ;
Un autre veut du fruit, faut chercher la Marchande ;
Encore ont-ils l'efprit fi bizarre & mal fait,
Qu'avec toute ma peine aucun n'eft fatisfait.
Je ne réplique rien ; mais dans le fond j'enrage
De me voir accablé de fatigue & d'ouvrage,
Et d'être à tous momens grondé mal-à-propos.
Pendant que ces Meffieurs déjeûnent en repos,
Il faut aller porter en Ville quelqu'épreuve ;
Soit qu'il vente, ou qu'il neige, ou qu'il grêle, ou
     qu'il pleuve,
Dès que l'on m'a donné mes dépêches en main,
Pour arpenter Paris je me mets en chemin.
Ma courfe la plus rude & la plus ordinaire
Eft d'aller du logis, ou du Mont Saint-Hilaire,
A cette belle Place où tant de Partifans
Ont de fi beaux Palais bâtis à nos dépens.
Le mal eft que jamais ces Gens & ces Corfaires
Ne daignent d'un feul liard me payer mes falaires.

(*) Terme d'Imprimeur, pour dire quereller quelqu'un.

J'ai

J'ai beau pour les servir employer tout mon soin,
Leur cœur est toujours dur & ne s'attendrit point.
Souvent crotté , mouillé jusques aux jarretières ,
Je reçois sur mon dos le torrent des goutières ;
Et ne portant jamais casaque ni manteau ,
Pour abri je détrousse & rabats mon chapeau.
Quiconque me verroit en ce triste équipage
Me prendroit pour un Diable arrivant du pillage;
Mais malgré tout cela , si je reviens de jour ,
On m'occupe aussi-tôt que je suis de retour.
Si quelque COMPAGNON , ennuyé de m'attendre,
A l'un des Magasins est monté pour étendre,
A jeun ou non à jeun , je cours le relever.
Je me dépêche à force , & suis prêt d'achever,
Quand le Prote , brûlant d'une ardeur brusque &
  prompte,
M'appelle pour aller commander une Fonte.
Du Fondeur il m'envoye au Marchand de papier ;
Du Marchand de papier chez le Parcheminier.
De cruches , de balais c'est moi qui fais emplette ;
S'il faut de l'eau , de l'huile , il faut que j'en achète;
Loin de pouvoir sur rien une obole accrocher,
En y mettant du mien j'achète encor trop cher.
Parmi tant de rigueurs, si, me fixant ma tâche,
On me donnoit par jour quelqu'heure de relâche;
Je bénirois le Ciel au milieu de mes maux;
Mais les jours consacrés par Dieu même au repos,
Les OUVRIERS munis d'une succinte Messe,
Viennent avidement faire rouler la Presse ,

F.

Et me font prendre part à la peine qu'ils ont,
Pendant que pour eux seuls est le revenant bon.
Les Dimanches il faut, qu'éveillé de bonne heure,
Je quitte au point du jour mon humide demeure;
Si je tarde, j'entends notre Prote aboyer.
Devinant aisément que c'est pour nétoyer,
Je me prépare encore à ce nouveau déboire,
Je m'arme du balai, je prends la ratissoire;
Je commence d'abord à lever tous les ais,
A les bien ratisser, & les rendre bien nets.
Curieux de sçavoir si dans l'IMPRIMERIE
Tout est mis & rangé par ordre & simétrie,
Le Prote me vient voir, & regarde avec soin
Si j'ai bien balayé par-tout dans chaque coin.
Pour abattre, dit-il, les toiles d'araignée,
Faites faire au houssoir une longue traînée;
Et souvenez-vous bien que tous les quinze jours,
Il faut avoir le soin de balayer les cours.
De crainte qu'après moi sans relâche il ne crie,
Je fais ce qu'il me dit. J'entre en la tremperie,
J'entasse les papiers, je vuide le fourneau,
Et rinçant tous les seaux, j'y mets de nouvelle eau.
J'amasse en un panier toutes les balayeures,
Et dès le lendemain épluchant les ordures,
Je jette chaque Lettre au gré de son destin,
La méchante à la fonte, & la bonne au castin.
Ce qui par-dessus tout me gêne & me désole,
C'est le rude embarras que me donne la colle;
Car étant obligé de la faire au logis,

Les Laquais les premiers murmurent du taudis ;
La Servante à fon tour, faifant le Diable à quatre,
S'emporte quelquefois jufqu'à me vouloir battre,
Et jure effrontément que fes pauvres chaudrons
Sont perdus fans reffource, & brûlés jufqu'au fonds.
Tranfporté de dépit, & perdant patience,
Ma main d'un bon foufflet couvre fon arrogance ;
Auffi-tôt grand débat, grand bruit, nouveau cour-
    roux.
Je l'appaife pourtant, & lui fais filer doux.
(En effet on le fçait, il n'eft que telle aubaine
Pour rendre douce & fouple une femme hautaine.)
Comme dans le Métier je fuis encor nouveau,
Je détrempe ma pâte avec un peu trop d'eau,
De forte que la colle étant beaucoup trop claire,
Chacun des COMPAGNONS entre en grande colère.
Les plus malins fur moi font rouler l'entretien,
Et me taxent tout net de n'être bon à rien.
Si je veux m'excufer d'avoir fait mal la colle,
Ils me ferment la bouche, & m'ôtent la parole,
Criant tous en chorus: *C'eft la piau, c'eft l'épron ;*
Car notre illuftre C O R P S parle un plaifant jargon.
Ils donnent à l'argent le nom de *Colle-forte ;*
Et quand tous d'une voix difent: *Fermez la porte,*
C'eft qu'il faut dépenfer (fans foin du lendemain)
Tout l'argent qu'un Auteur m'a gliffé dans la main.
Bien plus: *Avoir la Barbe,* ou *prendre la Cafaque,*
Se dit d'un fac-à-vin qu'un autre ivrogne attaque,
Et qui perd dans le vin le fens & la raifon,

Jufqu'à ne pouvoir plus retrouver fa maifon.
Bien *Battre le Tambour* , c'eft quand je vas en Ville
Ufer d'une manière attrayante & civile,
Pour forcer les plus durs & les moins bienfaifans ,
A faire à *la Chapelle* (*) un honnête préfent.
Comme je n'entends point chaque terme gothique,
Tiré des lieux communs de l'ART TIPOGRAPHIQUE,
Tous mettent leur plaifir à me contrarier ,
Et fur un mot mal pris ne ceffent de crier.
Quel homme pourroit donc avoir l'ame affez dure,
Pour n'être pas touché des tourmens que j'endure ?
Mais pourquoi , dira-t-on , prendre un ton fi plaintif ?
Eft-ce pour être heureux qu'on fe met APPRENTIF ?
N'eft-ce pas un état de fatigue & de peine ?
J'en conviens , mais encor faut-il reprendre haleine ,
Et tout n'iroit que mieux , quand un peu de repos
Donneroit du relâche à mes rudes travaux.
Mais , hélas ! en tout tems la peine eft mon partage ,
Et l'hyver & l'été je ploye fous l'ouvrage.
Pour épargner l'argent qu'exige un Vitrier,
En hyver on me fait huiler force papier.
C'eft alors qu'au hazard de me fendre la tête ,
D'une échelle branlante il faut gagner le faîte ,
Pour que du haut en bas je puiffe calfeutrer
Chaque fente par où le froid pourroit entrer.
De crainte qu'en été la chaleur exceffive

(*) C'eft le fond d'où l'on tire de quoi fe réjouir ce
commun.

Ne faſſe empuantir & tourner la leſſive ,
Il faut à chaque fois la deſcendre au caveau ,
Pour aller l'y puiſer & la mettre au fourneau.
De plus , c'eſt moi qui fais la petite beſogne.
S'il nous vient du papier à rogner, je le rogne.
Si quelque mal-adroit laiſſe faire un *Pâté* (*) ,
Pour le diſtribuer je ſerai député.
Par ce menu détail de ma grande Miſère,
On voit qu'il n'eſt eſclave ou forçat de Galère
Qui ſoit dans ſon malheur plus tourmenté que moi.
T o i , dont le cœur eſt bon , cher ami, c'eſt à toi,
Que je veux adreſſer mes douloureuſes plaintes.
Diſſipe mes ſoupçons & raſſure mes craintes ;
A quoi dois-je m'attendre ? & que dois-je eſpérer ?
Ma Miſère doit-elle encor long-tems durer ? . . .
Mais pardonne plutôt ſi mon eſprit s'égare ,
Si par un mouvement ridicule & bizarre
Je déteſte déja mon malheureux deſtin,
Et trop tôt rebuté j'en demande la fin.
J'ai le cœur trop enclin à la reconnoiſſance ,
Pour oublier que c'eſt par pure bienveillance ,
Que tu m'as conſeillé d'embraſſer un état,
Qui , tout rude qu'il eſt , a pourtant de l'éclat.
Car enfin , ſi jamais des hommes l'induſtrie
Parut dans aucun A r t , c'eſt dans l'Imprimerie ;
Tenant comme en dépôt les Écrits des Sçavans ,

_____

(*) Un Pâté , c'eſt lorſqu'une forme ou une page tombe à
terre , & qu'elle ſe briſe.

Elle fçait les fauver du naufrage des tems,
Et rendant les Auteurs célèbres dans l'Hiftoire,
Elle en fait à jamais fubfifter la mémoire.
A m i, crois donc que c'eft par fimple jeu d'efprit
Que j'ai formé le plan de ce comique Écrit;
Et que tout autre état plus rude & difficile
A fouffrir encor plus me trouveroit docile,
Pourvu que dans mon choix j'euffe trouvé le tien;
Et que dans mes dégoûts tu fuffes mon foutien.

LA MISÈRE

DES

APPRENTIFS

PAPETIERS-COLLEURS,

RELIEURS

ET DOREURS DE LIVRES,

POEME.

LA MISÈRE

DES

APPRENTIFS

PAPETIERS-COLLEURS,

RELIEURS

ET DOREURS DE LIVRES.

Pour chanter dignement une double Misère,
Et remplir avec soin cette illustre carrière,
Lecteur, je n'ai point pris un Héros glorieux,
Mais un simple Relieur, honnête & malheureux.
  Ça, Barbiers & Mitrons, vous, Enfans de Saint-
    Côme,
Vous, nobles Savetiers, dont les dos sont en dôme,
Qui tant de fois jadis avez été chantés,
Je trace mon Histoire, accourez, écoutez :

E 5

Plongés par leur deſtin dans l'affreuſe indigence ;
Mes Parens dans Paris me donnèrent naiſſance.
(Sur ma jambe tortue on lit la qualité
Qui m'a fait Citoyen de la grande Cité.)
Martin Collant mon père étoit un fort brave homme ;
Peut-être en parle-t-on à cette heure dans Rome.
Quoiqu'il aimât le vin , & qu'on le crût bavard ,
Baȝanne ſa moitié fut ſage à tout haſard.
C'étoit pour moi des gens d'une grande nature ;
Selon eux , j'effaçois la plus belle peinture.
(Oui, le fils de Vénus , ce dangereux enfant,
N'avoit rien de ſi beau que le *Petit Collant.*)
Dès l'âge de huit ans, ma langue dénouée
Formoit l'expreſſion qu'elle avoit bégayée.
J'étois un Orateur. Enfin dans le diſcours
Par-tout on publioit mon eſprit & mes tours.
Ma mère chaque jour de moi devenoit folle ,
Et ne voulut jamais que j'aîlaſſe à l'École.
» Non , mon fils n'ira point avec des Libertins ,
» Ce ſont des Vagabons , des Bandis , des Lutins ;
» C. eroit au Boucher en Marâtre le mettre ,
» E. nul Maître que moi ne lui montrera lettre ».
Il ut donc décidé que je n'apprendrois rien ,
Car ma mère jamais n'avoit pu lire bien.
Je voulois cependant braver Dame Fortune ,
Et bien inſtruit , chaſſer la misère commune.
Peut-être aurois-je été , malgré tout mon deſtin ,
Sinon un Avocat, du moins un Médecin.
Bref, à dix ans paſſés , devenu moins volage ,

Il fallut d'un Métier faire l'apprentiffage.
Un jour, il m'en fouvient, jour au logis fêté,
Mon bouquet à mon père humblement préfenté,
Je l'attendris fi-bien que, me connoiffant fage,
Il me tint, en pleurant, à-peu-près ce langage :

« Depuis trois ans, mon fils, je cherche à vous
» pourvoir,
» Je ne fçaurois chez moi plus long-tems vous avoir.
» Mon malheur en croiffant, fait accroître mes peines,
» Et ma mifère rend mes entreprifes vaines.
» Du barbare Deftin devenu le Forçat,
» J'ai tâché fans fuccès de changer mon Etat.
» Relieur fans qualité, privé de la Maitrife (1),
» Mal payé, mal vêtu, nourri de pâté bife,
» J'éprouve en languiffant un fort fi rigoureux,
» Qu'il n'eft point de mortel enfin plus malheureux.
» Voilà quelle eft mon fils ma trifte deftinée,
» Sur vous feul maintenant ma penfée eft tournée.
» Plût au Ciel qu'affranchi de trop cruelles loix,
» Je puffe d'un Métier vous procurer le choix !
» Mais non, né comme moi, dans un dur exercice,
» Nous devons contenter la divine juftice.
» Tout votre amour pour moi dont je vois la gran-
» deur,

---

(1) Il paroît que *Martin Collant* n'étoit pas fils de Maître,
car il n'y a que ceux là feuls qui peuvent être promûs à la
Maitrife de Relieur. Depuis la dernière Ordonnance du
Commerce en 1777, eft Relieur qui veut, même fans faire
apprentiffage.

» Trouve sa récompense à l'instant dans mon cœur,

» Si vous m'aimez, mon fils, je vous aime de même,

» Et c'est Dieu qui nous fait cette grace suprême.

» Nous devons tous les deux sans cesse le prier,

» Et pour nos intérêts ne jamais l'oublier.

» Nous sommes indigens, de condition dure,

» Gardons-nous de former le plus petit murmure;

» Si ce Dieu tout-puissant du pauvre est Créateur,

» Il est en même tems son plus grand bienfaiteur.

» Votre Profession sera donc la Reliûre,

» Elle décore autant que la Magistrature.

» Pour votre apprentissage on veut quatre cent francs.

» J'ai proposé, mon fils, six ans de votre tems,

» Et je dois aujourd'hui conclure cette affaire

» Avec *Tranchefilard*, sur le mont Saint-Hilaire.

» Ça, poudrez vos cheveux, lavez-vous en cette eau;

» Quittez votre bonnet, prenez votre chapeau,

» Décrassez vous la face; allons, levez la tête,

» Suivez-moi, mais sur-tout soyez civil, honnête.

    Nous sortîmes ensemble, & par un chemin sûr,

Nous vînmes au logis de mon Maître futur.

Ah! quel homme c'étoit! quelle étrange figure!

Il é oiî fait, je crois, pour narguer la nature.

    Quatre pieds moins un pouce en formoient la hau-
      teur,

Puis deux pieds & demi composoient sa grosseur.

Il avoit la poitrine & l'estomac en pente,

Et le dos surmonté d'une bosse charmante.

Son col étoit épais, court, noirâtre & veineux;

Son menton large & plat, d'un poil roux & crasseux;
Sa bouche ressembloit à la plus noire forge,
Et ses quatre ou cinq dents à du bon sucre d'orge.
Enfin ses petits yeux ornés d'un beau corail,
Son front gras & ridé, son nez en gousse d'ail,
Et ses cheveux châtains achevoient l'appanage
D'un homme sans pareil, d'un rare personnage.

 Dès qu'il nous apperçut, il s'avança vers nous.
» Bon jour, Maître Martin, comment vous portez-
  » vous ?
» Est-ce là, lui dit-il, votre progéniture ?
» Elle est pour un Garçon d'assez belle figure.
» J'avois un Apprentif aussi bien fait que lui;
» Son visage est le sien, jambes torses aussi;
» Ma femme le voyant va confondre, je jure,
» Ses traits avec les traits du pauvre *la Rognure*.
» Sçait-il bien lire, écrire; il est sans doute instruit ?
» Parlez, Martin, parlez: qui vous rend interdit ?
» Allons, s'il ne sçait rien, il apprendra peut-être;
» Sa bonne volonté lui servira de Maître.
» Là, là, consolez-vous, je vais le recevoir,
» Pourvu qu'en bon enfant il fasse son devoir.
» Avance ici, *Collant*, je suis bon & sincère,
» Désormais je vais être & ton Maître & ton père:
» Tu peux être assuré que par tes actions
» Tu recevras ici prix ou punitions.
» Voici ce que je veux : d'abord obéissance,
» Respect pour la Bourgeoise & point de pétulance,
» Point de paresse; enfin, être laborieux,

» Docile, affable, honnète & point contèntieux ;
» Soumis aux Compagnons, les fervir fans replique.
» Te lever le premier pour ouvrir la boutique,
» Ne point perdre le tems dans la rue à jafer,
» Revenir au logis au lieu de t'amufer ;
» Voilà pour le dehors ce que je veux qu'on faffe ;
» Si tu romps ce Traité, n'efpère point de grace.
» Quant à l'inftruction de tout l'intérieur,
» Ce fera pour nous deux le commun point d'honneur.
» Allons, Maître Martin, on ne fait point d'affaire
» Sans boire au Cabaret. Suivez-moi, mon compère.

   Nous allâmes enfuite au petit Broc du coin,
Où d'appaifer fa foif mon Maître eut un grand foin.
Je n'étois point content de fon ton pédagogue ;
Je craignois d'enterrer enfin la Synagogue.
Alors à demi-bas chantonnant en bémol,
Il vint avec ardeur fe jetter à mon col ;
Et d'un baifer vineux furchargeant mes deux joues,
Me fit fur le carreau tracer deux belles roues.
« Quoi, lui dis-je, Monfieur, pleurant amèrement ;
» Avec moi c'eft agir bien inhumainement.
» Si c'eft de la façon que vous aimez le monde,
» Ne m'aimez déformais qu'à cent pas à la ronde ;
» Vos accès d'amitié font trop extravagans ;
» Jamais baifer de paix ne fit caffer les dents.

   Après avoir fablé le doux jus de la tonne,
Et chanté mille fois Bacchus qui nous le donne,
Nous fortîmes enfin pour gagner nos maifons,
Et tâcher d'y porter nos corps & nos raifons.

» Demain, dit-il, *Collant*, je t'attends de pied ferme,.

» Sois à midi chez nous, ne paffe pas ce terme.

Puis faifant des zig-zag. « Je trébuche, je crois...

» Ça m'arrive toujours, fur-tout lorfque je bois...

« J'ai le hoquet auffi... Voyons cette boutique. ...

» Qui demeure céans ? C'eft... fort bien... je m'expli-

    » que...

» C'eft un Chirurgien... Holà vîte quelqu'un ;.

» Paroiffez, Carabins, finon je fuis défunt.

» Je m'étrangle, j'étouffe, & j'ai l'efquinencie,

» Ou mon gofier au moins eft en paralyfie.

» Mais... on ne répond point; peut-être en ce moment,

» Le Maître & fa moitié font un rêve charmant.

» Hélas! mon cher *Martin*, c'en eft fait, & j'expire.

» C'eft donc après des fourds que je crie... & foupire.

   Il parleroit encor, fi par force entraîné,

Mon père en fa maifon ne l'eût enfin mené ;

Et prenant les barreaux de la *faine boutique*,

Pour ceux d'un Cabaret ou d'un Notaire antique ;

Il alloit demander pinte fur le comptoir,

Ou protefter d'ivreffe & d'oubli de manoir.

   Revenus au logis, ma mère fut charmée

Que l'affaire fi bien eut été confommée.

Auffi le lendemain, après avoir diné,

A mon Maître futur je fus enfin donné.

    C'eft ici, cher Lecteur, que commencent mes pei-

    nes,

Mes tourmens, mes douleurs, mon martyre & mes

    chaînes.

Vous, que la toux relègue au coin de votre feu;
Vieillards, buvez un coup, & me plaignez un peu.

　　Dès que je fus reçu dans mon nouveau domaine,
Je compris auffi-tôt ma mifère & ma peine.
A l'afpeſt des débris d'un diner dégoûtant,
Servi fur un torchon de graiffe tout gluant,
Je m'écriai, faifi d'une humeur fombre & noîre:
Sans doute qu'on relie en ce lieu le Grimoire.
Mais fans qu'on me laiffât réfléchir plus long-tems,
La Maitreffe qui fçait profiter des momens,
Voulant faire l'effai de mon obéiffance,
Fit une épreuve auffi de mon expérience.
« Allons donc, mon ami, faut-il être fi neuf,
» Vous êtes immobile & planté comme un œuf.
» On vous prendroit, ma foi, pour un Jean de Ni-
　　　» velle:
» Démêlez promptement ce paquet de ficelle,
» Ou, pour vous dégourdir, allez chez le Mercier
» M'acheter des fignets; puis deux mains de papier
» A quatre pas d'ici; pour mieux trouver le gîte,
» Remarquez la maifon, & revenez bien vîte.
Ma commiffion faite, au logis de retour,
De rechef on m'envoye en Ville faire un tour.
« Alerte, holà, *Collant,* me dit un *Alouette* (1),
» Va me chercher du vin pour faire la trempette.

---

(1) Terme ufité parmi les Relieurs, pour exprimer un
Compagnon qui n'eſt pas fils de Maitre.

» Prends pour moi, dit un autre, auffi demi-feptier,

» Et pour un fou de noix chez le premier Fruitier.

» Mais tu n'oublieras pas pour deux fols de fromage,

(Dit mon Maître à fon tour en laiffant là l'ouvrage,)

» Je me fens prefqu'entrain de boire un petit coup,

» Tu me prendras chopine ici près, à ce chou.

» Il me faut de l'argent, dis-je, pour ces emplettes,

» Sinon vous me verrez revenir les mains nettes.

» Va, va, reprit-on, dis que c'eft *Tranchefilard*

» Qui promet de payer dans trois jours au plus tard.

Mais je courus envain, l'intraitable Fruitière

Avoit reçu le mot de la Cabaretière.

» Qu'il paye ce qu'il doit, s'écria-t-on d'abord,

» Autrement pour toujours chez nous *Crédit eft mort;*

» Décampe promptement, va, fuis, *Jatte à la Colle,*

» Et ne reviens jamais nous porter la parole.

    Quelle honte, bon Dieu, reçus-je en ce moment,

Et que je fus choqué d'un pareil traitement !

Ma peine en arrivant parut fur mon vifage,

Et nul ne fut touché de mon trifte meffage,

Bref, perfonne ne but ; & le jour finiffant,

Je fermai la boutique encore en gémiffant ;

Mais penfant qu'on alloit bientôt fe mettre à table,

Je me repréfentois un repas agréable,

Lorfqu'on me fit quitter mon paifible efcabeau,

Pour m'envoyer au puits tirer quatre feaux d'eau.

La faim me tourmentoit, & j'étois fi débile,

Que je doutai d'abord fi je ferois docile.

Je le fis cependant ; mais à mon dernier feau,

Je tombai de fatigue à terre comme un veau,

Quoiqu'on s'apperçut bien que j'étois hors d'haleine,

Perſonne n'arriva pour alléger ma peine.

Il fallut, pour combler la doſe de mes maux,

Que je couruſſe encore acheter deux fagots.

La Maitreſſe parut enfin à la cuiſine,

Et ſans s'embarraſſer de mon humeur chagrine,

M'ordonna ſur le champ de battre le fuſil,

De mettre le trépié, de nétoyer le gril.

Je fis plus, & je mis ſur le feu le potage,

J'épluchai les poireaux, les navets & l'herbage;

Et grace à mon ſoufflet, comme à mon appétit,

Nous fûmes en état de ſouper à minuit.

Le travail ceſſe donc, puis en moins d'un quart
   d'heure,

Soupe & harangs mangés, aucun mets ne demeure;

Chacun quitte la table, & veut s'aller coucher.

J'attends que l'on m'apprenne où je dois me nicher:

Enfin, du bout du doigt, on me montre, on m'indi-
   que

Une vieille ſoupente au haut de la boutique.

Voilà pour y monter une échelle, dit-on.

« Bon ſoir, Monſieur, repris je ». *Allez, dormez, c'eſt*
   bon.

   Je grimpai triſtement à ce cachot funeſte,

Où je fus accueilli d'une vapeur de peſte.

J'étois là ſans lumière, au haut des échelons,

Cherchant & recherchant mon grabat à tâtons.

Je n'y pus pénétrer que l'échine courbée,

Et les genoux pliés , & la tête baissée.

Est-ce ici , m'écriai-je , un soupirail d'Enfer ,

Ou le sale privé du méchant Lucifer ?

Sur quoi vais-je coucher ? Quelle nouvelle peine !

Ah ! je sens : c'est un lit fait de paille d'avoine ;

Encore chez mon père avois-je un matelas ,

Une honnête couchette une paire de draps.

Il ne tint presque à rien que pour chercher plus d'aise ,

Je n'allasse coucher au fond du Porte-Presse (1).

Mais dans ce lit à peine étendu pour dormir ,

Je sens mille souris qui viennent m'assaillir.

Sur mes membres rompus les puces acharnées ,

Se saoulent de mon sang en bêtes affamées.

Je me lève en fureur , & sans ménagement

Je m'écorche tout vif , par-tout en un moment.

 Enfin, je m'endormis ; mais à mon premier somme,

Un Lutin déchaîné (ce ne peut être un homme ,)

Vint frapper à la porte impitoyablement ,

Me criant de descendre & d'ouvrir promptement.

C'étoit un Ouvrier de triste diligence ,

A qui , les yeux fermés , je fis la révérence.

Songe , l'ami , dit-il , d'être plus matinal.

» (Et vous , disois-je bas , d'être un peu moins bru-

 » tal.)

 J'allois dans ma soupente achever ma toilette ,

Quand je fus appellé par la jeune *Brochette* ,

Ouvrière gentille & d'assez belle humeur ,

---

(1) Espèce de coffre dans lequel tombent les rognûres.

Que mon Maître occupoit par bonté , par honneur.

« Comment vous portez-vous aujourd'hui , me dit-
» elle ,

» Avez-vous bien dormi ? Voyons , quelle nouvelle ?

» Vous plaisez-vous ici ? Non... Vous êtes rêveur ?

» Etes-vous donc fâché qu'on vous fasse Relieur ?

» Allez , consolez-vous , & prenez patience,

» Un état plus heureux est votre récompense.

» A mes avis je crois que vous défererez ,

» Et que jamais ici vous ne murmurerez.

    Je fus très satisfait de cette politesse ,

J'y répondis du mieux que permit ma jeunesse ;

Et je sentis dèslors des consolations

Que je trouvai toujours dans ses attentions.

    Cette fille joignoit à son humeur aimable

Un esprit pénétrant , un caractère affable;

Quoiqu'elle n'eût pour lors que quatorze ou quinze
    ans ,

Elle plaignoit beaucoup mes mauvais traitemens ;

Et soulageoit souvent , par sa morale sage ,

Les peines que j'avois dans mon apprentissage.

Oui , je rends grace à Dieu de nous avoir unis ,

Et si nous nous aimons , c'est qu'il nous a bénis.

    Finissons notre Histoire. Alors je pris courage ;

J'affectai même un peu de paroître volage ,

Et bientôt je parvins à dissiper l'ennui

Qui me faisoit jouir de mes jours à demi.

J'entendois volontiers chanter ces kirielles :

» Rabaisse les cartons , épointe les ficelles ,

» Vite endoffe ce livre (1), & colle des paquets (2)

» Va les faire fécher, arrange donc les ais ;

» *Collant,* dreffe les nerfs (3), mets de la collé-forte ;

» Rogne, fais la goutière (4), ouvre, ferme la
   » porte ;

» Allons, il faut jafper (5), il faut couper les coins,

» A frapper les cartons n'épargne pas tes foins.

» Couvre enfuite le livre, & qu'on le défouette (6),

» Marbre la couverture (7), & qu'elle foit bien nette :

» Bas promptement les plats (8), va-t'en chez le
   » Doreur ;

» Allons, dégage-toi, montre de la vigueur.

Mon Maître étoit content & fa femme peut-être :

Au refte je n'ai pu jamais bien le connoître ;

Et fi *Tranchefilard* m'a donné quelques coups,

J'en fuis très-redevable à fon vieux Loup-garoux.

A ce propos voici ce qu'elle me fit faire :

Ma plume, cher Lecteur, ne fçauroit te le taire.

Je frémis quand je penfe à l'indigne façon

Dont je fus maltraité, fans caufe & fans raifon.

---

(1) Le mettre en preffe entre deux ais.

(2) C'eft coller des petits morceaux de parchemin fur le
dos du livre.

(3) Les éminences qui font fur le dos du livre.

(4) C'eft donner la figure d'une goutière à la tranche.

(5) Mettre la tranche en couleur.

(6) Oter les ficelles du livre en le retirant d'entre les ais.

(7) Jetter du noir ou du rouge fur la couverture.

(8) Battre la peau & le carton enfemble.

Il s'agiſſoit un jour d'aller faire un meſſage ;
C'étoit pour tranſporter une ſomme d'ouvrage.
Il fallut m'affubler d'un vieux tablier gras,
Et bâté comme un âne, on aſſigne mes pas,
D'abord chez un Doreur, de-là chez un Libraire,
Où j'arrive auſſi las qu'un Forçat de Galère.
Là, mes livres poſés, j'en reprends de nouveaux,
Et deux fois plus chargé par ces cruels Bourreaux,
Je gagne en chancellant le logis de mon Maître,
Qui me gronde en jurant des qu'il me voit paroître.
» D'où vient ce coquin-là, voyez quelle heure il eſt ?
» Depuis qu'on ne t'a vu, réponds-moi, qu'as tu fait ?
» Je gage, (dit la femme, épouſant la querelle,)
» Qu'il quitte dans l'inſtant le jeu de la marelle,
» Ou qu'il vient de jouer tout ſon ſaoul aux noyaux.
» Eh ! mais vraiment, croit-il que nous ſoyons
  » des ſots ?
Mon Maître à ce diſcours, pouſſé par ſa Mégère,
N'écoute point ma voix ; mais ſuivant ſa colère,
De trois coups d'une peau me terraſſe à ſes pieds :
(J'en ai jambes & bras encore eſtropiés).
Puis s'armant d'un paquet de cordes meurtrières,
Découpe ſur mon corps plus de trente lanières.
L'expédition faite, accablé, ſans vigueur,
Je me mets à l'ouvrage avec peu de ferveur,
Et maudiſſant cent fois livres, cartons, rognûres,
Je les envoye au Diable avec leurs garnitures.

  Quoi de plus affligeant qu'un travail continu,
Payé de mille coups, & jamais reconnu !

Quel tourment plus pénible , enfin quelle misère ,
D'être enchaîné fans ceffe à l'entour d'une pierre ,
Toujours le bras armé d'un énorme marteau ,
Affommant les Auteurs de fon pefant fardeau !
Qu'un Apprentif Relieur eft un enfant à plaindre !
Hélas ! pourquoi le fort a-t-il pu me contraindre
D'embraffer cet état? Ceffons de murmurer ,
Brochette me l'ordonne , il faut y demeurer,

    Traverfé de la forte en mon apprentiffage ,
J'afpirois tous les jours à fortir d'efclavage ;
Enfin , mon tems finit. Devenu Compagnon ,
Je remerciai le Ciel de ma Profeffion.
Je fentis de l'amour pour l'aimable *Brochette* ;
Nous nous aimions tous deux , fans fard , fans amou-
    rette,
Et nous fûmes liés en face des Autels ,
Par des nœuds qui feront auffi doux qu'éternels.

LA

LA MISÈRE

DES GARÇONS

BOULANGERS

DE LA VILLE

ET FAUXBOURGS DE PARIS

G

LA MISÈRE
DES GARÇONS
BOULANGERS
DE LA VILLE
ET FAUXBOURGS DE PARIS.

Lecteur, écoute un peu, rumine & confidère
Les Plaintes que je fais de ma propre misère:
Je vais, par ce difcours, te faire envifager
Les maux qu'il faut fouffrir quand on eft Boulanger.
Campé deffus mon four avec ma ratiffoire,
J'endure autant de mal que dans un Purgatoire,
Où, parmi mes douleurs, plus d'une fois j'ai vu
Sous le poids des travaux fuccomber ma vertu.
Après que ma jeuneffe en tourmens s'eft paffée,
Dont le feul fouvenir afflige ma penfée,
Mon unique repos n'eft plus qu'à foupirer;
Pour éteindre les maux que je dois endurer.

G 2

A toujours travailler & du corps & de l'ame ;
Je languis, je gémis, je sue & je me pâme ;
Un corps comme le mien, qui n'est point fait de fer ;
Est par trop délicat pour un si rude Enfer.
On n'a point fait pour nous l'ordre de la nature ;
La nuit, tems du repos, est pour nous de torture :
La Lune & le Soleil pour nous tournent sans fruit ;
Ce n'est jamais pour nous qu'ils tournent jour &
  nuit.
Nous commençons toujours dès le soir les journées,
On pétrit dès le soir la pâte des fournées.
Arrive qui voudra, faut, de nécessité,
Passer toutes les nuits dans la captivité.
A peine a-t-on fermé les yeux lorsqu'on repose,
A peine rêve-t-on sur quelque belle chose,
La Servante à l'instant nous vient tous éveiller,
Sans nous donner le tems de pouvoir sommeiller.
Du souper au lever se passe à peine une heure ;
Dans cette heure on repose à-peu-près un quart-
  d'heure.
Il faut pourtant quitter les sacs & le bûcher,
Où depuis un moment on s'est aller coucher :
Tout étourdis encor, l'un saute à la farine,
En endosse un gros sac qu'il met sur son échine ;
L'autre en frottant ses yeux, s'éveille & court à l'eau
Qu'il a mis échauffer sur un vaste fourneau ;
L'autre de son pétrin racle les ratissures,
Se presse d'en ôter la poudre & les ordures,
Et souffre plus de mal en grattant son pétrin,

Que n'ont les Ramoneurs ramonnant pour leur pain.
Ce pétrin est-il net, aussi-tôt un obstacle
Survenant, gâte tout par un nouveau miracle ;
On voit des escadrons en habit de Corbeau,
Farfouiller la farine & se noyer dans l'eau :
Les uns diligemment de la paroi dénichent,
Les autres au pétrin dans des recoins se nichent ;
Ainsi, tout ce qu'ils font est pour faire enrager,
Jurer, crier, gémir un pauvre Boulanger.
Mais malgré ces Lutins faut presser la fournée,
Faire que tout soit cuit de grande matinée ;
Il faut pétrir, enfin passer toute la nuit,
Pendant que tout le monde est à l'aise en son lit :
Les gresillons ensuite à qui je suis en proie,
Viennent au grand galop interrompre ma joie,
Lorsque, pour divertir l'ennui de ma prison,
Sur mon four je commence à chanter ma chanson,
Me faisant ressentir leurs cuisantes morsures,
Soit aux bras, soit aux pieds, m'accablent de bles-
    sures.
O Dieu ! vit-on jamais en sa captivité
Un Forçat plus pâtir dans son adversité ?
Il faut malgré cela travailler à la hâte,
Tourner & retourner la farine & la pâte ;
En cent & cent morceaux après la diviser ;
Puis, à différens poids, mille fois la peser.
Car parmi tant de pains chacun a son caprice ;
Chacun y veut son goût & différente épice :

Il en faut faire exprès pour l'homme sensuel ;
Dans l'un il faut du lait , & dans l'autre du sel ;
Il faut faire les uns d'une longue figure ,
Les autres bien fendus , d'une belle tournure.
Si l'un le veut quarré & doré par les coins ,
L'autre dans sa rondeur de cornes ne veut point.
Celui-ci veut la forme & façon de Gonesse ,
L'un la légèreté & la délicatesse ;
Celui-là demi-bis être un peu plus pesant ,
Pour soulager le pauvre & la bourse au passant.
Le gourmet veut du pain fait avec de bon beurre.
Tous ces pains sont-ils faits, il faut, dans la même heure,
Les arranger chacun sur un petit plateau,
Et distinguer sur-tout le pain blanc du gâteau.
Cet ouvrage fini, je saute la montée :
Courant au bois fendu , j'en prends une chartée ;
Et m'armant d'un tison j'embrâse tout le four ,
Précipité de voir tous mes pains cuits au jour.
Il n'est pas plutôt chaud , je cours à la chaudière ;
De mon rable allongé , ainsi qu'une rapière,
Je parcours de mon four les côtés & le fonds ,
Me pressant d'étouffer la braise & les charbons ;
Lors , parmi les ardeurs du brasier , de la flâme ,
Je me sens consumer jusqu'au centre de l'ame.
Vêtu comme un mitron , sans chemise & tout nud ,
Je n'ai qu'un tablier qui me couvre le cul ;
Tout trempé de sueur , à l'instant je vais prendre
Le couvillon mouillé pour nétoyer la cendre ;

Èt le quittant après , fans faire aucun délai ;
Je me jette à la pelle & me lance au balai ;
Puis , prenant un éclat , je cours à la coignée ,
Pour couper un allume , éclairant ma fournée ;
Mais quelquefois le bois rompant par la moitié ,
Fait fauter un rondin qui me bleffe le pié.
Si-tôt mon Camarade apporte fa fournée.
Dépêche-toi , dit-il , cherche de l'araignée ,
Ce remède à ton pié fera médécinal ;
Il ne paroîtra rien dans une heure à ton mal.
Dépêche , enfourne donc au plutôt ta fournée :
Nous n'aurons jamais fait , prends toile d'araignée ;
Et pour lors voltigeant plus lefte qu'un héron ,
Je me jette à la pelle & puis au pelleron ;
Sur mes pas je reviens , & je defcends bienvite ,
Pour mettre dans le four mes pains ronds tout de fuite.
J'en enfourne d'un fil deux cents , trois cents , felon
Que l'amas des plateaux m'incommode au talon.
Afin que mon pain long dans le four puiffe cuire ,
Et porter fur chacun la couleur qu'on defire ,
Je bouche tous les trous foit de linge ou chiffon ,
Si je vois que le pain tant foit peu fe morfond.
Ce pain long étant cuit , le pain de Ségovie
Qu'il faut faire auffi-tôt , me flagelle la vie ;
Et fi-tôt qu'il eft cuit , il faut tout d'un filet ,
Accourir à la foffe , enfourner le mollet ;
Après le pain cornu , enfuite le chapitre ,
Au nombre & quantité qu'a commandé l'arbitre.
A peine eft il au four , on vient , dès le matin ,

G 4

Nous étourdir la tête & demander du pain.
L'un en veut du mollet , l'autre du Ségovie ;
Celui-ci de pain long contente son envie ;
Celui-là du chapitre , & le veut chapelé
Au tranchant d'un couteau d'acier bien affilé.
Un autre tourne tout , & ne sçait lequel prendre ;
Sans vouloir acheter veut empêcher de vendre.
'Après, dit un morveux, est-il cuit d'aujourd'hui ?
Croyant que nous avons dormi toute la nuit.
Pendant ce grand débit , sans perdre le courage ,
Il faut incontinent se remettre à l'ouvrage ,
Fendre bois pour le four , s'en aller au grenier,
Bluter de la farine , & faire le Meûnier.
L'un remplissant son tour de ses sacs, il le lie ;
Pour mettre la farine , une place il balie ;
Et l'autre à tours de bras , à force de poignet ,
Fait aller la machine avec son tourniquet.
Après avoir long-tems agité la machine ,
Bluté & rebluté ce qu'il faut de farine ,
Aussi-tôt on descend pour s'en aller à l'eau ,
Et peut-être égarer dans le puits quelque seau.
Quand on en a tiré sélon le nécessaire,
Il faut venir au four , & puis songer à faire ,
Ainsi qu'auparavant, quantité de levain ,
Retourner bien la pâte , & repaîtrir du pain.
O déplorable état ! ô déplorable office !
Hélas ! vît-on jamais un semblable supplice ?
Quoi ! toujours travailler , toujours dans la douleur ,
Sans goûter ni jouir d'un moment de bonheur ;

Entre tous les métiers j'ai bien choiſi le pire ,
Puiſque dans cet emploi le plus conſtant ſoupire
De ſe voir obligé , avec néceſſité ,
De vivre & de mourir dans la captivité.
Les autres Compagnons n'ont ſouvent rien à faire
Qu'un ouvrage arrêté , limité d'ordinaire ,
N'ayant point d'autre mal , quand on arrive au ſoir ,
Qu'à ſe bien divertir , goguenarder , s'aſſeoir.
Mais au moins ſi j'étois Boulanger à Goneſſe ,
A Linois , Ville-Juif , j'aurois de l'allégreſſe ;
Car tous les Boulangers , & ceux de Saint-Denis ,
Ne ſont point malheureux comme ceux de Paris.
Je m'en rapporte à vous , eſt-ce avoir de la peine ,
Que de fournir du pain pour deux fois la ſemaine ,
Et puis s'en retourner au galop des chevaux ,
Pendant qu'on fait bouillir de la ſoupe aux poireaux.
Ils retournent chantant , nargue de l'inconſtance ;
Vont boire à Saint-Martin , au Cerf , à la Balance.
Le Dimanche vient-il , braves comme lapins ,
Laiſſent là la farine , & la pâte & les pains ;
S'en vont tous promener au plus prochain village
Au ſon des violons , & faiſant badinage :
Puis , jouant après Vêpre , à la boule , au palet ,
Vont boire du plus frais chopine au Cabaret.
L'un joue une bouteille , & l'autre une ſalade ,
Les autres , ſpectateurs oiſifs , boivent razade.
Après , on s'en revient chacun en ſa maiſon ,
Se tenant par la main & chantant la chanſon.

G 5

Mais, hélas ! que mon fort eſt bien plus miſérable !

Il n'en ſera jamais, ni n'en fut de ſemblable.

Il faut être maudit, pour ne jamais jouïr

De ce préſent du Ciel qu'on appelle plaiſir.

Jugez s'il fut jamais un métier dans le monde,

S'il fut jamais emploi ſur la terre & ſur l'onde,

Soit parmi les François, ſoit parmi l'Étranger,

Comme d'être à Paris un Garçon Boulanger.

L'ÉTAT

DE

SERVITUDE,

O U

LA MISÈRE

D E S

DOMESTIQUES.

L'ÉTAT

DE SERVITUDE,

OU

LA MISÈRE

DES DOMESTIQUES.

MA foi, Nanon dit vrai, je suis un grand benais,
Je suis un grand faquin de m'être mis Laquais.
Quand d'un fort malheureux la cruelle inconstance
Auroit versé sur moi sa maligne influence,
Quand le Ciel justement irrité contre moi,
M'auroit laissé sans bien, sans crédit, sans emploi,
Falloit-il pour cela, par un esprit de rage,
M'empêtrer dans les fers d'un si rude esclavage,
Et sur ce vil état fondant tout mon appui,
M'asservir lâchement au caprice d'autrui ?
Moi sur-tout qui jamais, soit par crainte ou foibless
N'ai pu m'accoutumer à cent tours de souplesse,

Sans lefquels un Laquais ne fçauroit réuffir
Dans la profeffion que j'ai voulu choifir.
Non, je n'étois point né pour me mettre en fervice :
Je hais la trahifon, je détefte le vice ;
Et lorfqu'avec l'habit j'endoffai tant d'affront,
D'une honnête pudeur on vit rougir mon front.
Mais laiffons-là l'honneur : dans le fiècle où nous
    fommes,
C'eft un foible motif pour la plûpart des hommes;
Car fi-tôt qu'un chemin s'ouvre à leurs intérêts,
Quel qu'il foit, à le fuivre ils font toujours tout prêts.
Voyons fi m'engageant dans cet état fervile,
Et négligeant l'honnête, au moins j'ai pris l'utile.
    Pour définir d'abord notre condition,
Je l'appelle un état de malédiction,
De peines & de maux un funefte affemblage ;
Dans lequel, à fon dam, un jeune homme s'engage.
Un Laquais en tout lieu paffe pour un vaurien,
Eft raillé des méchans, haï des gens de bien.
Fût-il de bonnes mœurs, & d'honnête famille ;
Il porte, c'eft affez, la honteufe mandille ;
De galons bleus ou verds fon habit eft chargé ;
Sans nul autre examen, par un faux préjugé
On le croit entaché d'une humeur libertine,
Naturelle & commune à la gent laquaifine.
    Qu'un Valet dégoûté, laffé de fon emploi,
Pour apprendre un métier fe retire chez foi,
A mille fots difcours, il eft toujours en butte,
Tout le monde le fuit, le raille & le rebute.

Mais bien plus : qu'une fille ait tant foit peu d'hon-
  neur,
D'un habit de livrée elle aura de l'horreur;
Et fût-ce le Laquais d'un Duc, d'une Marquife,
Il faudra qu'en Bourgeois le Galant fe déguife,
S'il veut que fa Cloris, propice à fes defirs,
Le fouffre compagnon de fes moindres plaifirs.

  Qu'un homme accompagné vous trouve dans la rue,
Pour ne vous point parler il détourne la vue ;
Et s'il fait feul-à-feul l'homme traitable & doux,
C'eft qu'auprès de Monfieur il a befoin de vous.
Tous fes grands complimens ne font que fourberies.
Pour vous rendre muet fur fes fripponneries,
Si vous n'avez pour lors un bon difcernement,
Dans ce paneau groffier vous donnez fottement,
Attribuant d'abord à votre grand mérite
Les éloges fardés de cette ame hypocrite.
Êtes-vous en difgrace, adieu fon amitié:
A peine en cet état lui faites-vous pitié ;
Et lorfque vous manquez de fecours & d'afyle,
Lui, bien loin de vous être à quelque chofe utile,
Loin de vous accueillir & vous tendre les bras,
Il vous tourne le dos & ne vous connoît pas.
N'étant que trop inftruit de ceci par moi-même,
J'en ferai le détail avec un foin extrême.

  Vous donc qui, par caprice ou par néceffité,
D'un malheureux Laquais briguez la qualité,
Voyez dans ce tableau la naïve peinture
Des maux qu'avec un Maître il faut que l'on endure,

Lorſque pour vous placer vous entrez ſur les rangs ;
Il faut aller trouver vos amis, vos parens,
Pour que d'un œil benin voyant votre détreſſe ;
Humainement pour vous leur pitié s'intéreſſe.
Ils commencent d'abord par vanter de leur mieux
Le mérite & le prix du ſoin officieux
Auquel pour vous ſervir tout leur eſprit s'applique ;
On diroit qu'il s'agit d'un bonheur angélique,
Et que tout ſuccédant au gré de vos deſirs,
Ils vont vous établir au centre des plaiſirs,
Finir de vos malheurs la rigueur importune,
Pour tout dire en un mot, faire votre fortune.
Le mal eſt que toujours vous leur parlez trop tard.
Nou avions, diſent-ils, en main un bon hazard ;
Un jour ou deux plutôt (retardement ſiniſtre !)
Sans faute on vous auroit placé chez un Miniſtre ;
Vous auriez été là comme un poiſſon dans l'eau.
Pour adoucir l'aigreur d'un ſi rude fléau,
Chacun à l'Aſpirant promet monts & merveilles ;
En effet on prodigue & ſes ſoins & ſes veilles,
Et l'on cherche ſi bien qu'on trouve en peu de tems.
Un Maître, une Maîtreſſe & deux ou trois enfans.

  Ce n'eſt pourtant, dit-on, que de la Bourgeoiſie ;
Mais tant mieux, on en mène une plus douce vie,
Pour ſervir un Bourgeois il faut moins de façons :
Dieu le ſçait, mais pour moi ce ſont là des chanſons ;
Car avec de tels gens c'eſt toujours à refaire.
Enfin, ajoute-t-on, vous ne pouvez mieux faire,
Vous aurez là-dedans mille petits profits,

Avec Monfieur le père, avec Meffieurs les fils.
Pour comble de bonheur, on dit que la Maitreffe,
Chofe étrange & bien rare ! eft pleine de largeffe.
Mais pour Monfieur.... c'eft bien le meilleur des hu-
　　mains,
Il répand fur fes gens les dons à pleines mains :
On eft exempt chez lui de la moindre dépenfe ;
Linge, bas & fouliers, tout vient en abondance.
　　Ah, mon Dieu ! dites-vous, que je ferois heureux,
Si je pouvois fervir des gens fi généreux !
Il faut voir, mais hélas ! une chofe embarraffe,
C'eft que vous n'avez pas le bon air & la grace ;
Et fût-ce un malotru, fans naiffance & fans train,
Il veut être en Laquais comme homme le plus vain.
Monfieur demande donc un jeune homme de mife,
D'une belle apparence, & de taille bien prife,
Propre en linge, en habit, adroit au dernier point,
Sage, bien élevé, qui ne s'enivre point.
　　A ce Maître important vos parens vous préfentent,
Et pour vous mieux vanter effrontément ils mentent,
Ils vous difent bien né, fobre, laborieux,
Fidèle, vigilant, actif, induftrieux.
Malgré ce bel éloge, & Monfieur & Madame
Percent avec leurs yeux jufqu'au fonds de votre ame,
Et lifent dans votre air, s'il n'eft point quelque trait
Qui terniffe l'éclat d'un fi rare portrait.
Là, chaque Domeftique à travers la ferrure,
D'un ris malicieux raille votre figure,
Et d'un efprit jaloux s'applique à contrôler

Jufqu'au moindre clin-d'œil que vous laiffez aller,
Comme s'il s'agiffoit d'un importante affaire,
De nouveau l'on confulte, on parle, on délibère;
Et pour conclufion d'un fi digne examen,
Mon ami, vous dit-on, vous reviendrez demain.
Vous jouïrez ici de plufieurs avantages,
Entr'autres, vous aurez vingt-cinq écus de gages;
Vous ferez bien nourri, bien vêtu, bien couché,
Hélas! qu'un pauvre Diable eft bientôt alléché
Par l'appas féducteur d'une telle promeffe!
Mais comme on eft fujet à certains tours d'adreffe;
Quand on prend d'un Laquais l'humble condition,
Votre Préfentateur vous fert de caution.

Après l'heureufe fin de ce préliminaire,
Vous fortez. Auffi-tôt le parent exagère
L'avantage & l'honneur dont vous ferez comblé;
Lorfqu'en cette maifon vcus ferez inftallé.
Vous reffentez la nuit une allégreffe entière;
Et dès que le Soleil redonne fa lumière,
Et du jour obfcurci rallume le flambeau,
Vous courez faluer votre Maître nouveau;
Vous lui faites d'abord une humble révérence,
A laquelle il répond par une remontrance.

Écoutez, mon ami: foyez fage, difcret,
Évitez les brelans, fuyez le Cabaret.
Soyez fidèle, exact, jamais de gourmandife:
Sur-tout gardez vos fens de toute paillardife.
J'infifte & je m'arrête à cet avis dernier;
Ainfi, foit dans la cave, ou bien dans le grenier;

Soit dans le cabinet , ou bien dans l'anti-chambre ,
Gardez-vous de rien dire à la Fille-de-chambre ;
Envers la Cuiſinière ayez grande pudeur :
Me le promettez-vous , mon enfant ? Oui , Monſieur.

    Enſuite il vous déduit les points de votre office,
De quelle ſorte il veut qu'on faſſe ſon ſervice ;
On diroit à ſon geſte , à ſon ton , à ſon air ,
Qu'il eſt iſſu d'un Prince , ou fils d'un Duc & Pair.
Il n'eſt coin ni recoin par lequel il ne paſſe ,
Et de chaque uſtenſile il vous marque la place.
Je ſens bouillir , dit-il , la maſſe de mon ſang ,
Quand un fauteuil , un ſiége eſt mis hors de ſon rang.
Ainſi , par-tout gardez l'ordre & la ſymmétrie ,
Pour qu'après vous jamais mon épouſe ne crie ;
Car pour Madame , elle eſt (j'en jure ſur ma foi ,)
Du bon ordre cent fois plus jalouſe que moi.

    Eh , bon Dieu ! quel torrent ! quelle longue ha-
      rangue !
Bon , ce n'eſt rien encor ; Madame dont la langue
De l'emporter par-tout ſe fait un point d'honneur ,
Vient , pour vous ſermoner , ſuccéder à Monſieur.
Elle vous étourdit de mille bagatelles ,
Capables de troubler les meilleures cervelles ;
Et paſſant du précepte à l'application ,
Elle a ſoin de vous faire entrer en action ;
Vous donnant à frotter trois chambres parquetées ,
Qui depuis quinze jours n'ont point été frottées.
C'eſt dans ce dur eſſai , dans ce tourment nouveau ,
Qu'un pauvre Laquais ſue , & ſe met tout en eau.

S'il fe flatte pour lors d'une efpérance vaine
De ne frotter ainfi qu'une fois la femaine,
Pour le défabufer, il voit le lendemain
Madame qui lui fait prendre la broffe en main;
Car à la propreté fon cœur a trop d'attache,
Pour fouffrir au plancher la plus légère tache.
Dès qu'elle en croit voir une, elle a foin d'appeller
Son bien-aimé Laquais pour la faire en aller.

 Lorfqu'enfin chaque chambre eft bien propre &
  bien nette,
Pour furcroît à vos maux, une fière Soubrette,
D'un ton impérieux, d'un air d'autorité,
Vous donne à nétoyer un jupon tout crotté.
Avalant à longs traits une épaiffe pouffière,
Vous le frottez, broffez par devant, par derrière;
Cela fait : Bourguignon, décrottez ces fouliers;
Enfuite vous irez frotter les efcaliers :
Ne manquez pas d'y faire un exacte revue;
Car l'autre jour Madame y promenant fa vue,
Et trouvant par hazard une paille, un fétu,
Le petit Cafcaret fut rudement battu.

 Pour ne point effuyer ce traitement barbare,
A de nouveaux efforts votre bras fe prépare;
Vous promenez par-tout le balai plufieurs fois.
Les efcaliers en ordre, il faut fcier du bois;
Et lorfque vous jurez de dépit & de rage,
D'avoir à votre abord fur les bras tant d'ouvrage;
Madame à commander femble s'encourager.
Le bois fcié, dit-elle, il faudra le ranger;

Après, vous balayrez dans la petite faile,
Je ne crois pas qu'elle ait jamais été fi fale.
Si vous avez le tems, paffez au cabinet;
Frottez-le comme il faut, & rendez-le bien net.
Pour moi, dans ce qu'on fait, j'aime qu'on foit habile;
Je veux avant midi vous envoyer en Ville.
Songez donc... Tel qu'on voit un fleuve impétueux
Précipiter le cours de fes flots écumeux;
De même vous difant & redifant fans ceffe,
Chaque ordre pour fortir dans fa bouche s'empreffe.
Ce qui par-deffus tout eft dur à fupporter,
C'eft que n'obmettant rien pour la bien contenter,
Faifant avec grand foin tout ce qu'elle demande,
Au lieu de vous louer, elle vous réprimande.
En tout elle eft d'un goût fi fin, fi délicat,
Que pour une vétille elle fait de l'éclat.
Qu'elle voye une ordure, elle crie & tempête,
Et vous fait un fabat à vous rompre la tête.

Comme tout Valet neuf, actif, laborieux,
Tâche les premiers jours de fervir de fon mieux,
Couvrant votre dépit d'une joie apparente,
Vous cachez à fes yeux le foin qui vous tourmente,
Et feignez fous un air plein de foumiffion,
De faire avec plaifir chaque commiffion.
Trop heureux fi, paffant ainfi la matinée,
Votre peine à ces maux pouvoit être bornée;
Mais fans aucun repos du matin jufqu'au foir,
Captivé fous les loix d'un pénible devoir,
Loin qu'à bien travailler vous vous tiriez d'affaire,

Plus vous vous dépêchez, plus vous trouvez à faire.
   Juftement à midi vous mettez le couvert :
On avertit Monfieur. Quand il eft prêt, l'on fert.
Madame en s'affeyant trouve que les ferviettes
Ne font point proprement mifes fur les affiettes.
Un verre à fon avis n'eft jamais bien rincé ;
Elle y croit voir un doigt dans la craffe tracé.
Pendant tout le repas, vous la voyez hargneufe,
Étaler en fon luftre une humeur dédaigneufe
Qui démonte un Valet, & le rend palpitant,
Comme un jeune Écolier fous les yeux d'un Pédant.
Alors, par accident, laiffez tomber par terre
Quelque plat, quelqu'affiette, ou bien caffez un verre ;
D'un tour fi mal-adroit on parle à tout propos,
Sans jamais là-deffus vous laiffer en repos ;
Encor, pour reparer ce notable dommage,
Sur vos gages l'on prend le double & davantage.
C'eft dans ce contre-tems qu'il faut en effuyer ;
Car Madame après vous ne ceffant de crier,
Met dans fes intérêts la langue de fa fille,
Et vous fait haranguer par toute la famille.
N'allez pas répliquer, le meilleur eft pour vous
De ne répondre rien, & de filer bien doux.
   Madame enfin fufpend fon couroux redoutable ;
Et chaque convié s'étant levé de table,
Vous qui n'avez pas eu le tems de déjeûner,
Deffervez promptement & volez au dîner.
Mais pour vous quel chagrin de voir la Cuifinière,
Qui d'un perfide accord avec la Chambrière,

En quatre coups de dent a presque dévoré
Ce qui pour le dîner vous étoit préparé.
Gardez-vous de montrer la moindre impatience,
Mais faites bon visage avec légère panse ;
Autrement, vous mettant la Cuisinière à dos,
A peine à vos repas trouverez-vous des os.
Chacun connoît assez l'humeur de ces coquines,
Qui du matin au soir mangeant dans leurs cuisines,
Quand elles ont le ventre & l'estomac bien plein,
Semblent s'imaginer que personne n'a faim.

    Après avoir grugé d'une dent prompte & leste
Ce que, grand merci pense, on a laissé de reste,
Pour vous faciliter votre digestion,
Monsieur vient vous donner de l'occupation.
A broyer le café de sa main il vous stile ;
Puis il vous fait trotter, courir toute la Ville,
Et porter des paquets, autrement des fardeaux
Qu'à peine un Porte-faix chargeroit sur son dos.

    Si Madame au marché veut aller faire emplette,
Vous êtes le témoin de tout ce qu'elle achète ;
Car marchant derrière elle un panier sous le bras,
D'une poissarde à l'autre il faut suivre ses pas.
Pour éviter les frais d'un modique salaire,
Souvent d'un Tapissier l'ouvrage on vous fait faire.
Même on n'exige pas que cela soit si bien ;
Ce qui le plus importe, est qu'il n'en coûte rien.
On en voit quelquefois dont la lézine est telle,
Qu'elles font aux Laquais écurer la vaisselle ;
D'autres dans le logis faisant cuire le pain,

L'obligent à pétir la pâte & le levain ,
Abuſant quelquefois de ſon humeur craintive;
Juſqu'à lui faire aider à couler la leſſive.

A quoi bon, direz-vous, faire un détail ſi bas !
Il eſt vrai, mais enfin qui ne s'aigriroit pas ?
Qui pourroit retenir & ſa bile & ſa verve,
En voyant ſans égard, ſans pitié, ſans réſerve;
Une femme inhumaine exercer un Valet
Avec plus de rigueur qu'on n'exerce un mulet ?
Car enfin un mulet, quand il a fait ſa tâche,
Goûte quelque repos & trouve du relâche;
Mais un pauvre Laquais, plus malheureux que lui,
Eſt ſans ceſſe plongé dans un mortel ennui.
En tout tems, en tout lieu, la peine eſt ſon partage;
La crainte, les ſoucis lui ſervent d'appanage.

Si par malheur, ſans ordre, il s'abſente un moment,
Madame a ſon retour le tance rudement,
Et lui ſoutient qu'il vient de chez la Ravaudeuſe
Donner allégement à ſa flamme amoureuſe.
On l'appelle tout haut pilier de Cabaret,
Pendant que lui tout bas la maudit en ſecret.
Outre que du logis elle défend qu'on ſorte,
Elle ne permet pas qu'on s'amuſe à la porte;
Et vous fermant l'entrée à tous jeux innocens,
Il faut paſſer des jours triſtes & languiſſans,
Tantôt à balayer & frotter une chambre,
Et tantôt à trembler dans un coin d'anti-chambre.
Encore vous feroit-ce un grand ſoulagement,
Si l'on vous y laiſſoit dormir paiſiblement;

Mais

Mais au bout d'un inſtant , Madame à ſa toilette ,
Demande , appelle , crie , & ſonne une ſonnette ,
Dont le bruit effrayant ſemble vous avertir
Qu'avec elle bientôt il vous faudra ſortir.

    Qu'elle aille promener , ou qu'elle aille en viſite ;
Il faut que pas à pas vous marchiez à ſa ſuite ,
Et portiez ſur les bras , ou meniez par la main
L'un des petits Meſſieurs pendant tout le chemin.
Après bien des façons , Madame toute prête ,
Toujours quelqu'accident vient retarder la fête ;
Souvent vous n'êtes pas aſſez propre à ſon gré ,
Elle inſiſte à vouloir que vous ſoyez poudré ,
Afin que les paſſans à chaque coin de rue
Et ſur elle & ſur vous daignent jetter la vue.
Quelquefois elle craint un déluge nouveau ,
Et s'informe par-tout s'il tombera de l'eau.
Enfin ſe raſſurant , crainte miſe en arrière ,
Elle ſort , & toujours ſe tourne par derrière
Pour voir ſi vous ſuivez exactement ſes pas.
Lorſqu'elle ſe ſent laſſe , elle vous prend le bras ;
Dans chaque rue il faut la traîner de la ſorte ,
Juſqu'à ce que de loin appercevant la porte ,
Elle ait ſoin de vous faire à grands pas avancer
Pour la trouver ouverte , & ſe faire annoncer.

    Là , tandis qu'elle jaſe & caquette à ſon aiſe ,
Elle vous fait ſouvent faire une parenthèſe.
Vous allez au logis pour ſçavoir ſi Monſieur
Ne veut point à ſon tour de vous ſe faire honneur.
Sage précaution ! car plein d'impatience ,

              H

Monſieur depuis une heure attend votre préſence,
Dès qu'il vous apperçoit, il ſort, vous le ſuivez;
Et lorſque vers l'endroit vous êtes arrivés,
Par un reſſouvenir digne de ſa tendreſſe,
Retourne-t-en, dit-il, va trouver ta Maitreſſe.
C'eſt là que vous voyant baloté de tous deux,
Vous plaignez (mais trop tôt) votre ſort malheureux,
Car après vous avoir accablé de fatigue,
Madame envers chacun de vos pas eſt prodigue,
Et vous fait dépenſer plus d'argent en ſouliers,
Que vous n'en gagnerez pendant ſix mois entiers.

    De retour au logis, vous trouvez de l'ouvrage;
Et quoique vous ſoyez ſans force & ſans courage,
Il ne faut pas laiſſer de faire quatre lits,
Mais ſi bien qu'on n'y voye aucuns creux, aucuns plis,
Finiſſant par celui de la petite fille,
Vous vuidez les baſſins de toute la famille;
S'il vous reſte pour lors un moment de loiſir,
N'eſpérez pour cela ni repos, ni plaiſir;
Car vous ſacrifiant ſon tems, ſon induſtrie,
Madame vous occupe à la tapiſſerie.
Vous n'avez pas encor votre aiguille à la main,
Qu'il faut avec Monſieur aller tirer le vin.
Animé de l'eſprit d'une léſine extrême,
Il ne peut ſur ce point ſe fier qu'à lui-même.
Le vin étant tiré, vous dreſſez le buffet;
Vous tâchez d'en chaſſer juſqu'au moindre duvet;
Cela fait, vient enfin le moment délectable
De poſer le couvert & de ſe mettre à table.

Si quelqu'un au logis est prié pour souper ;
Du service il ne faut laisser rien échapper ;
Car le point principal sur quoi Monsieur se fonde,
C'est qu'on dise par-tout qu'il reçoit bien son monde.
L'on soupe, mais pour vous, vous n'avez pas le tems
De donner seulement quatre ou cinq coups de dents.
   Dès le premier morceau, Madame vous appelle
Pour aller reconduire une Dame chez elle ;
Après avoir maudit cet incident nouveau,
Vous entrez en raison & prenez le flambeau ;
Espérant tout au moins que d'une grasse aubaine
La Dame daignera vous payer votre peine.
Mais par-là votre fiel envain est adouci,
Vous recevez pour tout un fade grand-merci.
Voilà donc à-peu-près l'emploi de la journée
Chez les gens que je sers depuis plus d'une année.
Encor si je pouvois me reposer la nuit,
Je souffrirois ces maux sans murmure & sans bruit ;
Mais supporter le poids d'une fatigue entière,
N'avoir jamais le tems de fermer la paupière,
Ne pas trouver la nuit quatre heures pour dormir ;
C'est ce qui sur mon sort me force de gémir.
   Dans un grenier qui n'a ni porte ni serrure,
Où pendant tout l'hyver pénètre la froidure,
En un mot dans un vil & sale galetas
Est étendu par terre un méchant matelas.
Là, surchargé d'ennuis, rompu de lassitude,
Je m'attends de calmer ma triste inquiétude,
Quand je suis tout d'un coup à grands cris éveillé ;

Je me lève , & m'étant à la hâte habillé ,
Je defcends pour ranger l'antichambre & la fâle ;
Où maints joueurs piqués d'une fureur brutale ,
Outrés de défefpoir & de rage obfédés ,
Ont fait un long débris de cartes & de dez.
Quoique je me dépêche & faffe diligence ,
Je vois que le tems paffe , & que l'heure s'avance ;
J'apprête les fouliers, & je bats les habits
Et de Monfieur le père & de Meffieurs les fils.
Entretenu , gagé pour toute la famille ,
C'eft moi qui prends foin d'eux, c'eft moi qui les habille ;
Encor font-ils d'un goût fi fin & fi poli ,
Qu'ils ne peuvent fouffrir ni poudre ni faux pli.
Ambitieux d'avoir les dents blanches & nettes,
Ils fe mirent cent fois comme des femmelettes ,
Et tâchent d'inférer dans leur ajuftement
La grace & le bon air d'un nouvel agrément.
Nos maux ainfi déduits par ordre & par chapitres ;
Qu'on me dife à préfent , fi c'eft fur de vains titres ;
Si c'eft avec juftice , ou bien par paffion ,
Que j'ai fi bien dépeint notre condition.
    Je fçais qu'il eft encor dans ce trifte exercice
Des déboires qu'il faut que tout Laquais fubiffe :
Par exemple , porter en hyver le flambeau,
A l'Églife traîner le fac & le carreau ,
De Madame effuyer la bizarre manie,
Et lui porter la queue avec cérémonie ,
L'entendre fur un rien avec feu s'emporter,
Dans le jour ne pouvoir un moment s'écarter ;

A la Ville vaquer aux chofes du ménage ;
A la maifon des champs faire le jardinage ;
Conduire la charettte & panfer les chevaux ;
Quand Monfieur fait bâtir, avoir part aux travaux ;
Lorfqu'on eft attaqué de quelque maladie,
Aller à l'Hôpital comme un gueux qui mendie ;
Avoir affaire à gens qui, fans droit ni raifon,
Sur votre probité font toujours en foupçon,
Et le jour & la nuit faire mille meffages ;
Quand le pain renchérit, être privé de gages ;
Et fortir dans le tems qu'on y penfe le moins :
Ce font-là d'un Laquais les peines & les foins.

   Vous qui daignez jetter l'œil fur cette peinture,
Voyez fi c'eft à droit, ou bien par impofture,
Que de mauvais efprits donnent à tous momens
Aux gens de notre état le nom de fainéans.
Quant à moi qui partage avec eux leur mifère ;
Je foutiens qu'il n'eft point de Forçat de Galère,
Qui, malgré la rigueur de fon joug malheureux,
Connoiffant leur état, voulût être comme eux.
Eh qu'attendre en effet du caprice bizarre
D'un Maître prompt, brutal, ou d'une femme avare,
Qui pour gagner fur tout, retranche avidement
Sur votre nourriture & votre vêtement,
Qui vous parant toujours de dépouilles antiques,
Laiffe en repos le neuf pourrir dans les boutiques,
Et pour vous habiller, fait fouvent avec art
Rentraire les morceaux d'un tapis de billard.
Si le hazard vous place avec une bigotte,

C'eſt encor pis vingt fois ; car la fauſſe dévote,
Couvrant ſes actions d'un prétexte pieux,
Trompe ceux du dehors & leur charme les yeux ;
Tandis qu'en ſa maiſon faiſant le diable à quatre,
Elle ſe laiſſe aller juſqu'à frapper & battre.

Vous donc qui, ſans ſecours, ſans bien & ſans appui,
Cherchez à vous placer au ſervice d'autrui,
Tâchez de rencontrer un Maître débonnaire,
Qui plaignant ſon Valet, entre dans ſa miſère,
Qui ne préſume point de l'éclat de ſon rang,
Qui le faſſe petit, ſans ceſſer d'être grand.
Je ne demande point, & cela n'eſt pas juſte,
Qu'un Maître à ſon Valet s'accommode & s'ajuſte.
Le trop & le trop peu nuiſent également :
Traitez donc un Valet avec ménagement,
Louez-le quand il faut, reprenez-le de même,
C'eſt véritablement le moyen qu'il vous aime.
Mais pour vous qui ſervez, reſſouvenez-vous bien
Que, pour gagner un Maître, il faut n'obmettre rien,
Prudence, zèle ardent, propreté, vigilance,
Grande aſſiduité, petits ſoins, complaiſance :
Attachez-vous ſur-tout à ſervir de bon cœur,
Étudiez d'un Maître & l'eſprit & l'humeur ;
Et n'oubliez jamais qu'il faut, pour lui complaire,
Quelque raiſon qu'on ait, avoir tort & ſe taire.
Ceux de vous qui pourront ainſi ſe ménager,
Rendront leur ſort plus doux & leur joug plus léger ;
Car qui n'eſt pas heureux, c'eſt qu'il ne ſçait pas l'être,
Puiſque le bon Valet fait toujours le bon Maître.

LA MISERE
DES
MARIS.

LA MISÈRE
DES
MARIS.

J'ÉTOIS donc réfervé, par un ordre inhumain,
Au déplorable joug d'un haïffable Hymen ,
Et de ma liberté la fortune jaloufe
Voulut donc , malgré moi , me donner une Époufe !
Grand Dieu ! fi mes péchés émûrent ton courroux ,
N'avois-tu pas en main des châtimens plus doux ?
Et fi tout ce qui vit , & tout ce qui refpire ,
Reconnoît ici-bas ton fouverain empire ,
Ne pouvois-je donc point paffer mes triftes ans ;
Sans me livrer en proie à ce Roi des Tyrans ?
Que n'ai-je vu mes pieds attachés à la rame ,
Quand la première fois j'apperçus une Femme ;
Faut-il , pour le malheur du genre mafculin ,
Que Dieu créât le fexe appellé féminin !
Avant ce *Oui* maudit , qu'une ardeur frénétique,
Par un Acte public , rendit trop autentique ,

Ne connoiſſant encor que d'innocens deſirs,
On me voÿoit jouïr de mille doux plaiſirs.
Dans un ſéjour aimé de la Déeſſe Flore,
Chaque jour, au levé de la brillante Aurore,
Je courois au ſommet de nos riches côteaux,
Écouter les concerts de mille & mille oiſeaux.
Là, conduiſant mes pas ſur la tendre verdure,
J'admirois les beautés que produit la Nature,
Et portant mes regards à l'entour de ce lieu,
Tout raviſſoit mon ame, & l'élevoit à Dieu.
Le Soleil avancé deſſus notre hémiſphère,
J'allois prendre le frais au bord d'une rivière,
Où jettant à l'oiſir le trompeur hameçon,
J'amaſſois pour dîner un gros plat de poiſſon.
Venoit-il un ami juſqu'en ma ſolitude,
A le bien régaler je mettois mon étude,
Et tous deux pleins de joie, & ſans craindre aucun
   bruit,
Nous mangions en repos ce que nous trouvions cuit.
Là, nos diſcours roulant ſur quelques traits d'hiſtoire,
Par égal intervalle on nous ſervoit à boire,
Et le vin commençant à monter au cerveau,
Chacun avec plaiſir entonnoit un rondeau.
Dans la rude ſaiſon qui nous produit la glace,
Cet ami quelquefois m'entraînoit à la chaſſe,
D'où retournant le ſoir faméliques & las,
Notre propre butin nous donnoit un repas.
Seul, comme aſſez ſouvent on eſt en lieu champêtre,
J'allois, un livre en main, m'aſſeoir deſſous un hêtre

D'où je voyois autour de leur heureux troupeau,
Les Bergers folatrer au son du chalumeau ;
Ou bien de mon loisir faisant un libre usage,
Je visitois quelqu'un de notre voisinage,
Qui me faisoit l'hyver aussi-bien qu'au printems,
Goûter en sa maison cent divertissemens :
Enfin ne connoissant ni Maître, ni Maitresse,
Tantôt sur un cheval, tantôt sur une ânesse,
J'allois, exempt de soins, par tout le monde entier,
Le matin chez Guérin, & le soir chez Gautier.
Quelqu'injuste Démon, quelque malin Génie
M'envia le bonheur de ce genre de vie,
Et pour en arrêter le délectable cours,
M'alla jetter d'abord dans de folles Amours.
A peine sur Doris ai-je porté ma vue,
Que d'un trouble inconnu mon ame fut émue ;
Le cœur ensorcellé par l'éclat de ses yeux,
Je courus leur offrir mon encens & mes vœux,
Ignorant en moi-même, hélas ! combien de larmes
Me coûteroient un jour leurs tyranniques charmes.
Après avoir poussé mille amoureux soupirs,
S'ensuivit cet Hymen, la fin de tous plaisirs,
Qui, sous le vain espoir d'un bonheur toujours stable,
Me rendit en effet à jamais misérable.
Depuis ce jour fatal que j'engageai ma foi,
Il n'est plus de douceurs, ni de beaux jours pour
    moi :
Que je sois à la Ville, ou bien à la Campagne,
Par-tout le noir souci me suit & m'accompagne.

A peine le Soleil éclaire-t-il les toits,
Que je me vois chargé de cent foins à la fois.
D'abord il faut, ufant d'un pouvoir defpotique,
Affigner du travail à chaque Domeftique,
Envoyer l'un aux champs, l'autre chez un Rentier
Demander le produit d'un malheureux quartier;
Du matin jufqu'au foir vivant dans l'efclavage,
Ne fonger qu'aux befoins d'un ruïneux ménage;
Voiturer aujourd'hui tant de facs au moulin,
Demain faire encaver ou du bois ou du vin.
Heureux, fi fatigué d'un métier fi pénible,
Ma femme étoit au moins d'un naturel paifible,
Et foumife en tout tems aux loix de la raifon,
Ne faifoit pas régner le Diable à la maifon;
Mais le moyen, hélas! avec telle Mégère,
De jouïr du repos pendant une heure entière?
Me voit-on faluer la femme d'un voifin,
La mienne incontinent fait un rire malin;
Alors toute troublée en fa façon de vivre,
Auffi-tôt que je fors la folle me fait fuivre,
Et ne m'auroit-on vu qu'à l'Églife à genoux,
L'Églife à mon retour étoit un rendez-vous.
De-là cent vains difcours, cent ridicules plaintes,
Des douleurs d'eftomac & des migraines feintes,
Qui chez l'Apoticaire en juleps, en bolus,
Me coûtent tous les ans un beau nombre d'écus.
Un Domeftique alors heurtant contre une pierre,
Brife-t-il par hazard un trop fragile verre?
La fougueufe, en l'accès de fes tranfports jaloux,

Fait éclater fur lui fon injufte couroux;

Tout le ménage trifte & rempli d'épouvante,

Retentit des clameurs de cette extravagante:

Si bien que pour n'entendre un tel charivari,

La fuite eft le confeil que doit prendre un mari.

De fes noires vapeurs eft-elle enfin guérie ?

Il la faut habiller de riche draperie,

Et pour entretenir fon orgueil fans égal,

M'expofer au péril d'aller à l'Hôpital.

A certain jour nommé fi l'étoffe n'eft prête,

J'ai tout à redouter du côté de ma tête ;

Car comme chacun fçait, à l'ombre de l'Hymen,

Une femme a toujours la vengeance à la main.

Ainfi, pendant qu'aux champs j'irai battre la gerbe,

Quelque Amant fous les pieds viendra me couper

  l'herbe,

Et fera tant enfin, par fes foins affidus,

Que je ferai cité dans le rang des C**.

Alors me faudra-t-il, obligé de me taire,

Élever des enfans dont je ne fus point père,

Leur amaffer du bien, & pour comble d'ennui,

Me tuer, comme on dit, pour le plaifir d'autrui.

Retourné fur le foir du champ ou de la vigne,

Cherché-je le repos dont je ferois fi digne ?

D'un enfant au berceau le lamentable bruit

Me fait les yeux ouverts paffer toute la nuit,

M'envoye avant le jour, tout écumant de rage,

Pefter loin de chez moi contre le mariage ;

Si bien que pour finir l'ébauche de mon sort,

Ma vie est une vraie image de la mort.

Heureux, cent fois heureux, qui toujours sage & grave,

D'une vaine Beauté ne fut jamais esclave,

Et qui loin de la Femme, au milieu des déserts,

Ne songe qu'à servir l'Auteur de l'Univers.

LA MISERE

DES CLERCS

D'HUISSIERS,

AUTREMENT DITS RECORS,

OU

LE PARFAIT MISÉRABLE;

COMPLAINTE.

LE PARFAIT MISÉRABLE.

A·ı r: *De Joconde.*

Toi qui du Ciel donnes l'effort
  A la machine ronde,
Grand Dieu , qui difpofes du fort
  Des habitans du monde ,
Qui ménages par·tout un rang
  A chaque créature,
Pourquoi me mettre au dernier banc
  De toute la nature ?

Si vous me demandez mon nom,
  Je n'ofe vous le dire ;
Un Prométhée , un Ixion ,
  Je fuis encore pire.
Or ça , pour vous le dire enfin ;
  Dans la noire Milice ,
Je fuis un pauvre Fantaffin
  Du corps de la Juftice.

Quand le flambeau du monde entier
  Réfléchit fa lumière ,
Par la lucarne d'un grenier ,
  Qui me fert de vifière ,

Gripimini, comme un Sorcier,
S'en vient à mon oreille
Clabauder du fond du gosier :
Holà, ho, qu'on s'éveille.

SI-TOT je me lève en sursaut,
A sa voix effroyable ;
En bas lit du je fais un saut,
Croyant que c'est le Diable.
Je prends les harnois du métier,
Et mets la serpillière,
Pour commencer du jour entier
La pénible carrière.

PARTEZ, Soldats, dit le Lutin,
Armés d'une écritoire ;
Tuez la veuve & l'orphelin
A coups d'Exécutoire ;
Que père, fils, oncle & cousin,
Tous sentent le carnage :
Main basse sur le parchemin ;
Mettez tout au pillage.

GRIPET (*), le Caporal, sans bruit,
Sur le champ de bataille,
La toque en tête, nous conduit:
Chacun de nous féraille ;

(*) Le Maître Clerc.

Sans fabre, moufquet, ni canon,
  Sans creufer une mine,
Nous mettons tout à la raifon,
  Et battons tout en ruine.

SI nous voulons prendre d'affaut
  Une famille entière,
Nous foufflons l'exploit, le défaut,
  Sommation dernière ;
Vient enfin l'exécution,
  La faifie réelle ;
Et toujours, par provifion,
  Emportons la vaiffelle.

LA pauvre Veuve a beau crier,
  Et donner fa Requête ;
Un Juge qui fçait fon métier,
  Jamais ne nous arrête.
Nous fuivons tous même chemin ;
  Toujours befogne neuve ;
Chacun prend fa part du butin,
  On condamne la Veuve.

MON impitoyable Sergent,
  Autre fentence apporte:
Il faut que j'aille fur le champ,
  Et même avec main forte,
Enlever les meubles, effets
  D'un pauvre mercénaire,

Qu'on réduit, à force de frais,
A l'extrême mifère.

Nous autres, malheureux Soldats
D'une ingrate grifaille,
Qui livrons le choc des combats,
Qui gagnons la bataille,
Otons l'épine du jardin,
D'autres cueillent la rofe;
Voler, fans vivre du larcin,
La pitoyable chofe!

Si-tot que la nuit d'un bandeau
Couvre notre hémifphère,
Je maudis cent fois l'efcabeau
Qui me colle au derrière.
Bientôt l'eftomac aux abois,
Noyé dans fon acide,
Pour me perfécuter, je crois,
Veut digérer à vuide.

Destin, que j'invoque toujours
Dans ce rude efclavage,
Pour trancher le fil de mes jours,
A la fleur de mon âge;
Si tu m'écoutois à la fin,
D'un quatrième étage,
Je ferois à moitié chemin
De mon dernier voyage.

F I N.

www.ingramcontent.com/pod-product-compliance
Lightning Source LLC
Chambersburg PA
CBHW051833020726
47502CB00005B/1758